U1010949

橡皮擦

范稳 著

长篇

百花文艺出版社
天津出版传媒集团

图书在版编目（CIP）数据

橡皮擦 / 范稳著. -- 天津 : 百花文艺出版社，2020.6
(百花中篇小说丛书)
ISBN 978-7-5306-7901-2

Ⅰ. ①橡… Ⅱ. ①范… Ⅲ. ①中篇小说-中国-当代 Ⅳ. ①I247.5

中国版本图书馆 CIP 数据核字(2020)第 088479 号

橡皮擦

XIANGPICA

范稳 著

出 版 人: 薛印胜 **选题策划:** 汪惠仁
编辑统筹: 徐福伟 **责任编辑:** 齐红霞
装帧设计: 任 彦 **营销专员:** 苏 依
出版发行: 百花文艺出版社
地址: 天津市和平区西康路 35 号 **邮编:** 300051
电话传真: +86-22-23332651（发行部）
+86-22-23332656（总编室）
+86-22-23332478（邮购部）
网址: http://www.baihuawenyi.com
印刷: 山东临沂新华印刷物流集团有限责任公司
开本: 700×980 毫米 1/32
字数: 43 千字
印张: 4.125
版次: 2020 年 6 月第 1 版
印次: 2020 年 6 月第 1 次印刷
定价: 26.00元

如有印装质量问题，请与山东临沂新华印刷物流集团有限责任公司联系调换
地址:山东省临沂市高新技术产业开发区新华路 1 号
电话:(0539)2925659 邮编:276017

版权所有 侵权必究

范稳 / 作者

男，一九六二年十一月生于四川，一九八五年毕业于西南大学中文系，同年到云南工作。一九八六年开始发表作品。现已发表各类题材、体裁的文学作品六百余万字。代表作有《水乳大地》《悲悯大地》《大地雅歌》等。现为云南省作家协会主席。

一

正午之后，阳光弥漫着慵懒的倦意，湖之梦高档别墅小区便也渐渐陷入饭饱神虚般的昏昏欲睡。花园里的鸟儿不叫了，树上那几只调皮的松鼠，贼亮的眼睛也迷蒙起来，各自蜷缩在绿荫深处打盹儿。A 区 18 幢有只二货哈士奇，是它们的玩伴儿。它们在树枝上跳跃嬉戏时，那二货便会在树下狂吠，松鼠像逗一个两岁的孩子，常常溜到树干离地面两三米处，让哈士奇觉得只要轻轻一跃，就可够得着它。这只被主人叫作“二哈”的家伙常常被逗得从这棵树转到那棵树，捕获猎物的梦想让它垂涎三尺、乐此不疲。此刻，哈士奇也躺在自己的窝里做口叼松鼠的美梦。明晃晃的阳光下，世界宁静而混沌。哈士奇的老主人洪玉林打开了院子铁门，在车道上步履蹒跚地走了几步，茫然看着阳光下空荡荡的小区，大约是在想：我这是要去哪里呢？我要做什么呢？他是一个身材高大的老人，尽管筋骨已经萎缩，肌肉也已然松弛，可背不驼、眼不花，腰也不弯。谈不上仙风道骨，但也不是风一吹就要倒。老人踌躇片刻，回头喊，二哈，出来撒尿。那货在窝里头都不抬，只翻了翻眼皮，仿佛告诉老主人，一个小时前你才遛过我了嘛。老人这时看见了放在铁门边的一个黑色垃圾袋，刚才为了开铁门，顺手就把垃圾袋放地上了。哦，我是出来丢垃圾的。他提起了垃圾袋，感觉到沉，便想找自己的手杖，但手杖又不知躲哪里去了。这个世界上看不到的事物，还有那些过往的人和事，都是成功越狱的逃犯，永远消失在一个老人的记忆之外。真是可恨。

垃圾桶离这幢独栋别墅约三十来米，洪玉林走到一半时，有两级台阶，老人没有看见，一步迈出去就摔倒了。

当天晚上，湖之梦小区物业公司安保部门的人调出了这天中午A区七号段的监控录像，人们看到老人跌坐在地上，半天都没爬起来，看上去孤独而无助。接下来发生的故事就让人们回味再三，连最聪明的警察也没法判断，最公正的法官也举槌不定。

这个高档小区本来入住率还不到三分之一，每栋别墅之间又疏朗开阔，花园、草坪、树林、亭阁、水面等，营造出一片静谧宽阔的世界。所谓高档住宅区，就是让您能够拥有更多的私人空间。这是当初开发商的宣传主题词。但是他们和住户大约都忽略了，一个老人的私人空间越大，就越孤独，也常常充满危险。

二

刮灰工白金华最近遇到一个社会性的难题:如何让一个民工三代考入七彩中学——这个连城里的孩子也趋之若鹜的私立名校,进去了就好比一只脚跨进了大学校门,也意味着一个民工的孩子将来会找到一份体面的工作, 并最终成为一个城里人。这半年来他比自己当年高考落榜还要焦虑。作为一名外来务工者, 他比许多城里人更熟悉这座城市, 他爱它繁华的商场超市, 爱它整洁宽阔的大街,爱它喧嚣与便捷的地铁,爱它风光片般的公园。他在一家装修公司工作,是一名技术娴熟的工人。无数个家庭的墙面屋顶、内墙外墙,经他的手之后,平整了,光洁了,像宫殿一样有了档次。有时他也会悬在半空中,为城市的高楼大厦装饰打扮,白色、黄色、红色、灰色以及种种与天地间相融洽的颜色，都在他的铲铲刮刮、磨磨刷刷中描绘出来了。你是一个真正的行为艺术家，一个画家曾经这样赞美过他；另一个诗人说，你是生活的装扮者。这些他服务过的城里人其实都是些站着说话不腰疼的家伙，他认为。我们不过是生活的敲门者，来城市讨生活的人。进哪扇门都要看你的身份证、暂住证、施工证、准入证等等各种能证明你身份的东西，还要忍受别人审贼一样的目光。“形迹可疑”，是白金华在小学时学会的一个成语，他现在总感到自己在城市里就是“形迹可疑”的那一类人。而人家城里人有一张身份证、一张卡，甚至一部手机就可以走遍世界了。诗人和画家，以及种种的家，上小学时哪个不想？一个农村孩子的理想是不断被现实修正并一步步往下拉的。行为艺术家是干什么的，白金华不明白，但这座城市是如何一天天在他这样的人手中长高长壮，他大体清楚;当他在某幢高楼上施工,远眺天地之间,城市高低起伏、丰富多彩的天际线,都可以默数出哪幢楼去做过外墙,哪个楼盘去搞过装修,哪个小区几栋几单元几号的女主人漂亮非凡但很傲慢,哪个高档小区大又都住的是有钱有权的高端人士。这座在外貌上壮观无比的城市,既火热又冷漠的栖身之地,就像那每一户家庭都有的那道防盗门,隔开了多少伪善和真诚、苛刻和包容、轻蔑和尊重、虚情假意和坦诚相待。一个城市的打工者,是在用体力和汗水敲它厚重的城门。比如:请让我们的孩子到你们的学校读书吧。

城市的回答直截了当:交钱来!

过去在外省打工时,白金华的女儿白布舒的学籍转来转去的非常麻烦。现在城里的公立学校对外来务工者子女大门是敞开的,你只要有暂住证,有合法稳定的收入,从小学到初中,政府规定的九年义务教育让每一位学龄孩子都有学上。但到了高中以后，白布舒就必须回原籍上学，这样才有考大学的资格。白金华怎能不知道家乡高中的教育质量？自己就是毁在那所山沟沟里的高中的！白金华从不认为自己不如人，更不相信自己的宝贝女儿会输在起跑线上。女儿一出生他就给孩子取名“不输”，他对媳妇小琴说我们虽然输给了出身，但不能输给生活。城里人的孩子宝贝得不行，乡下人的孩子就不是心头肉了？只是女儿大了后，觉得这个名字太不雅，自己改名为“布舒”，看上去蛮有城里人的感觉。白金华最为欣慰的是，在校门口接女儿时，看着身穿校服的白布舒和她的同学一拥而出，谁能看得出来她是个民工的孩子？无论是学习成绩还是外貌扮相，我的女儿一点也不比城里人的孩子差。当然了，不能比的只是你的起点在金沙江大峡谷的深山里，从那里跑进大学学堂，得要两代人的努力。

女儿布舒中考预考成绩非常好，老师说只要正常发挥，上七彩中学应该没有多大问题。只是因为白金华是持暂住证的“准城里人”，想进七彩中学这样的私立名校就要比别人多交一笔“择校费”，当然还不算住校费、补课费、每月的生活费、学习资料辅导费等等杂费了。作为技术娴熟的刮灰工，白金华每天能挣到三四百元，除去周六周日休息和没有工作的日子，一月收入总有六七千元，加上媳妇打工三四千元的收入，夫妻俩月入一万元左右，日子还是过得紧巴巴的。媳妇小琴说：一万元在老家可是大钱了，在这城里，房租水电吃喝拉撒，扣七扣八的，钱就是抓在手里的沙子啊。夫妻俩刚贷款在城里买了一套三居室的二手房，每月六千多元的还贷压力相当大。但这并不能抵消白金华要让自己的女儿上名校的梦想。再穷不能穷教育不是？白金华经常说：等我们家布舒考上大学，毕业后再考个公务员，当上国家干部，我们从此就是正经八百的城里人了。小琴对老公的梦想总是信心不足，她会嘀咕说：再多的牛粪也堆不成高山。白金华的回答是：那些体体面面的城里人，三代以前还不都是农民？他们能做到的，我们又不笨也不懒，为什么就不能呢？你再看看我们村的王多贵，人家两代就换身份了，还当了区人大代表哩。城里人都在为他打工，围着他转。

城市就是个滋生梦想的温床，哪怕你生活在城市的边缘，身份低微而暧昧，你的梦也是五光十色的，是那越升越高的五彩气球。与大山深处宁静的村庄相比，城市的呼吸是急促的，城里的楼房比地里的庄稼长得还要快，它催促着你挣钱的脚步，让你连过年都不想回自己日益冷清的村庄。

与白金华想法迥异的是他的弟弟白银华，这是个与城市有些格格不入的家伙。他从十八岁就跟着哥哥满世界讨生活，到过广东，闯过海南，最远去过新疆，现在落脚在故乡的省会城市，多少有在家门口干活儿的感觉，至少，离他梦中的媳妇更近了一点。

白银华已经二十八岁了，去年春节回家相了邻村的一个姑娘，互相留了电话、加了微信。半年多交流下来，那姑娘说：明年过年你来提亲吧，你得让我爹相信你的实力。白银华明白那话里的意思，过去峡谷里提亲，男方家提一串茶叶饼、两块红糖就可以了。女方家如果认可这门亲事，便会留下礼物，再回赠两块用芭蕉叶包上的新春糯米粑粑。但这是白金华、白银华爷爷一辈的习俗，去年白银华的一个哥们儿也是去这个村庄提亲，带了两万扎得整整齐齐的人民币，还是被赶了出来。白银华不像他哥是个基本上守规矩过日子的人。他好打麻将，每次回到家乡，一年辛劳积攒下来的那几万元，差不多有一半要输在牌桌上，剩下的钱就随心所欲地吃了、喝了、花了。父亲早几年不在了，母亲也管不了他，只有哥哥的话还偶尔听一下。两兄弟一起在外打工，他是帮手，也是徒弟。哥哥的手艺他从不用心学，他帮人刮灰，棱角线经常刮不直，墙面要么起泡要么开裂，还得他哥帮他补。他总是嫌这活儿脏，成天蓬头垢面，衣服上满是灰浆，且没有多少技术含量。但离了这点技艺，他在城里讨到生活也难。挣再多的钱，你以为就能成为城里人了吗？你看起来像个城里人，骨子里还是个农村人；老家人认为你进了城，城里人看你眼皮都懒得抬一下。城里人生活在天上，我们生活在地上，一个是天一个是地，你是提着自己的头发想升天。

白银华是打工阶层中的愤青、二愣子，在街上开车也要骂骂咧咧，骂交警，骂那些不断超越他们的豪车。欺负老子的车破吗，你撞上来噻！老子奉陪你一条命。有次和雇主吵架，抄起刮灰刀就要朝人砍去，要不是白金华及时按住他，那祸就闯大了。这个兄弟几天不在他眼皮子底下，他都不知道该不该去派出所寻人。白金华也不明白他为什么会有那样多的怨气，也许从他一出生就与社会结怨了吧。白银华是家中老三，那时算超生。

现在这个愣头青给他哥哥又出了道难题。他上周六和几个老乡打麻将，一个晚上输了一万六千元。白金华听完兄弟的诉苦，当即就给了他一巴掌。你是吃屎了？脑袋被门板夹住了？人家出老千坑你难道不晓得？今年不是还要回去提亲吗？打甩手就能把媳妇娶回家？白银华不当多大个事样说，血战到底嘛，出不了老千的。这点钱反正提亲也不够。我们这样的人，不搏一把，永远出不了头。

白金华差点背过气去。真是民工的后代还是民工，赌徒的儿子一定是赌徒。白金华的父亲是二十世纪八十年代第一批走出山村的打工者，每逢过年的时候用一个蛇皮袋藏着一捆捆十元的钞票回乡，风光得不得了。但他也好打麻将，除了年夜饭那天在家，其余时间都在镇上的茶馆里打麻将。白银华小时候最熟悉的声音，恐怕就是洗麻将牌的哗啦声。这样的家庭环境怎么能教育得好下一代？多年以后白金华常常反思父辈的荒唐。他高中毕业参加高考，自认为成绩还可以，考个警校应该没问题，白金华从小喜欢看侦探小说，一直想当警察。但白金华没有继承到父亲的那点好运，民工二代的名分倒是顺理成章地继承下来了。虽然他现在比父亲那一辈人混得好，可谁会认为这是好运？

白银华说：别气啦，还有更让人气不过的。我听工程队刘队长说，咱们公司今年有几笔工程款结不了账，公司要裁人了。到处都差钱啊，我只是差点运气。

白金华恨得咬了咬牙，人走背运，差的是命。发不出工资算多大个事。前年白金华禁不住身边的老乡怂恿，把十万元交给了同村的王多贵，百分之三十的年利率。第一年下来王多贵认账，十万元变成十三万元。双方重新签协议，继续将钱放王多贵那里鸡生蛋蛋生鸡，都是一条大峡谷里出来讨生活的老乡，还有什么不信任的呢。这笔老本钱是为白布舒上大学时用的。但就在上个月，白金华找王多贵说：女儿要上高中了，需要一笔钱，能不能把去年的利息先付给我？王多贵请白金华去高档餐厅吃饭、喝茶，然后两手一摊说：兄弟，别人也欠我的钱啊，眼下真的没有钱给你。我正在找人追杀那个欠我钱的王八蛋，不还老子钱，就先砍他一只胳膊。白金华不敢砍人胳膊，更不敢把这个消息告诉家人，怕影响女儿中考。女儿曾经跟他说起过，随便上个公立学校算了，花钱也少。为什么非要去跟那些城里人比呢？我们跟他们不一样。白金华记得自己的回答是：我和你妈辛苦一辈子，不图别的，就是要你和他们一样。

那个晚上两兄弟在白金华家喝下两斤多家乡带来的苞谷酒，喝得白银华热血贲张，喝得白金华眼冒泪花。白银华临走前撂下一句话：哥，富贵险中求，血战要到底。

三

白金华兄弟一个月前在湖之梦A区18幢对面的32幢别墅干过一段时间的装修，有一天下午，一个打扮得珠光宝气的女人开着一辆保时捷越野车，停在18幢的外面。刚好白金华兄弟买材料回来，那女人对他们说：小兄弟，麻烦帮个忙好吗？她让白金华兄弟从保时捷后备厢里抬下一箱茅台、一箱水果。然后她按18幢的门铃，一个保姆来开的门。女人指挥白金华兄弟扛着箱子穿过客厅，来到紧邻客厅的一间藏酒间，那里面有很多白银华叫不出名字的好酒。女人对扛着茅台箱子的白银华说，请先放在这里。然后她又带着白金华穿过一条走道，再经过一间保姆房，又走过一间摆放了各种古董的房间，来到餐厅，说：你先放在这里吧。本来白金华兄弟放下东西就该走了,但不知从哪个房间钻出一个走路颤颤巍巍的老人来,女人一见他就说:老领导,来看看您。老人很高兴的样子,先是把白金华兄弟当成跟女人一起来的,非要大家坐下来喝茶,不让他们走,热情得不得了。直到那女人反复解释说,他们是她请来搬箱子的,老人才释怀,顺手从茶几上抓起两包新版大重九塞给他们。白银华出来后问:哥你知道这烟多少钱一包吗?这家人好阔。

自从白银华在醉眼迷离中喊出“富贵险中求,血战要到底”后,这些天他们凭一张过期的施工准入证混进湖之梦小区,随时关注18幢的情况。他们在32幢搞装修的时候,已大体知道一些对面18幢的情况。白银华还和18幢的保姆以姐弟相称,在姐长弟短中,白银华还得到一个重要的信息:18幢平常家里只有他这个新认的姐和那个老人,老人有些糊涂了,生活基本不能自理。周六或周日其他家人才会回来。

湖之梦小区树上的松鼠也在打盹儿，白金华和白银华正蜷缩在自己的微型面包车里吃方便面。他们目睹了18幢的老人跌倒，白银华把方便面碗一扔说，哥，机会!

这几天里，他们脑海中对这幢别墅里将要发生的事情，反反复复地推演到睡不着觉的地步。这家的保姆每天上午会去外面的小超市买菜，有时也会带上老人，费时一小时左右。而下午三点前后，保姆会带着午休过后的老人在小区里散步遛弯，和难得遇见的几个邻居聊天，五点左右才会慢慢摇回家。18幢有院子门和防盗门，院子带刺围栏有两米高。客厅窗户是大落地窗，侧面一间屋子(保姆房)有一扇带纱窗的气窗，保姆经常会把窗户打开透气，只有纱窗是合上的。如果有人要从那里翻进去，只需轻轻一跃——当然，还得考虑那些贴着每一扇窗户安装的红外线报警探测器。没有谁知道在白天或者主人出门时，这些探测器是否在工作状态。

好运的大门不攻自开。他们从车里跑出来，自然而然地扮演起见义勇为的好人。他们搀扶着老人进屋，先关上别墅的院子门，再关上厚重的屋门，白银华还悄悄把门背面的保险锁锁死。

大爹，你没有摔着哪里吧？白金华问。

面对两个进到家里的陌生人，洪玉林显得有些张皇失措，他张了张嘴，不知道该说什么。这时二哈开始狂吠。二哈，不要叫。老人终于说：坐嘛，坐下来喝茶。

白金华判定，老人认不出他们来了，但他装着好像认识他们的样子，表现出友善，这是好运打开了它的第二扇门。大爹，你不认识我们了吗？白金华笑眯眯地问。

刚才他们将老人扶起来后，老人突兀地说：你们回来了?

白金华顺口应道:回来了,回来了。他推测老人把他们当成家里的某些成员了。白金华在老家的奶奶也活成了个老糊涂,在小小的村子里也找不到回家的路,积攒了一辈子的零花钱也不知藏到哪里去了,连她从小带大的白金华、白银华兄弟也认不出来了。白金华现在需要弄清楚的是:面前这个老人糊涂到哪种地步了。

认得的嘛。认得的嘛。老人脸上现出困难的笑容。很像你在某个场合被人热情地打招呼,你绞尽脑汁、搜索枯肠也想不起对方是谁,但你还得虚情假意地掩饰自己的尴尬和难堪。洪玉林眼下的困难还在于:他不知道该把两个年轻人往哪里带。过去家里来了客人,都有人招呼;很多情况下,他从不用起身迎送前来拜访的客人,能抽出时间见客人一面都是给人莫大的面子。家里人都说他老了,不想多见任何人了,喜欢一个人活在自己漫长的回忆里。他们这样说得越轻率，老人就越如大河上的一根枯草,和外面的世界漂得越远。只有洪玉林自己知道,他活在一个多么孤独无助的世界,就像现在面对他想不起的客人,既有些手足无措,又仿佛守候了一万年，终于等到了乘着阳光的翅膀回家的晚辈。

回来了好,好,坐嘛,坐!坐!老人拉着白金华的胳膊,脸上现出解决了难题的笑意,深刻的皱纹乱成一团麻。

那只二货哈士奇又叫了几声,但看到主人对客人那么热情,便回到自己窝里打盹儿去了。

白金华嘘了一口气,问:大爹,你家的保姆呢?

郝妈啊?交医保……老人茫然四顾,好像在找他的保姆。

难怪守了半天不见保姆出来。好运的第三扇门也打开了。白金华兄弟曾经认真讨论了如何对付这家保姆的问题。她很壮实,手脚利落。这种农村妇人,力气大得可以摔倒一个小伙子。每年白金华、白银华都要回老家交医保,还要按手印画押,不然就无效。今天好像是农村人站在了农村人这一边。

白金华继续问:大爹,家里没有其他人呀?

有个鬼！老人的语气忽然严厉起来,让白金华心跳了跳。这么大的房子,有个鬼。来喝茶嘛。工作忙哟,脱不开身哟。喝茶嘛。在美国远哟。来嘛,喝茶嘛。老人好像总算想起来了,客人进屋,应该喝茶。

白银华本来揣了一把小刀在身上,但刚才在车上时,他哥让他把刀交给自己来保管。白金华说,做这样的事情,最好不要伤到人,那样警察会把你往死里追。在这种大户人家里,能神不知鬼不觉地顺走几样东西就足够救我们的急了。但眼下的情形,让白银华觉得是个千载难逢的机会。不就是个糊涂的老人嘛，你当他面搬空这个家他都不会有反应。他用眼神告诉白金华,该动手了。

我讲个笑话给我听。老人忽然说。

白金华一愣,问:大爹,你……

我讲个笑话给我听。云根,云根,我讲个笑话给我听……老人喃喃地说,后面的话听不清楚了。

你自己讲笑话给自己听？白银华笑了。

白金华盯了他兄弟一眼，笑容可掬地对老人说:大爹,你先坐好。我来泡茶,我们再慢慢来听您老人家讲笑话。茶在哪里呢大爹?

后花园喝。茶室里喝。老人边说边往里走。白金华记得这幢别墅有前后花园,后院还有个加盖的茶室,面对一个鱼池。老人在前面走得摇摇晃晃的,他们紧随着老人来到餐厅,餐厅对面的门通向后花园,但是走到餐厅时,老人忽然说:吃饭嘛。

餐桌上凌乱不堪，有半碗吃剩下的面条、半盘香肠、一小碗花生米、一碟泡菜、东一堆西一段的骨头、嚼不烂的菜茎，还有一瓶茅台，白银华的目光粘在了茅台上。那天帮人家搬了那箱茅台进这个家门后，白银华问了白金华好几次：哥，你喝过茅台吗？

喝酒。来，喝酒嘛。老人忽然声音洪亮地说，眼睛也亮了起来。这让白金华心里一惊，老人好尖的眼睛，难道他还能看透人的心思？而白银华则像被人逮住了伸出去的手，慌忙说：不喝不喝。我们就喝茶，喝茶就是了。

老人却麻利地拧开了茅台酒瓶盖。再好的酒，一个人喝，也叫寡酒。杯子呢？他四处张望，没有人伺候的饭桌让他有些手足无措。餐桌上并没有酒杯，白金华不明白摆一瓶茅台是什么意思。

去找酒杯。白金华对白银华一努嘴。白银华转身往藏酒室走,白金华拉了一下他,手悄悄往楼上指了一下。他早已观察到了餐厅里的食品柜,那里有一排排的玻璃杯子,而老人的注意力在那瓶茅台上,他把酒瓶凑近鼻子,脸上现出一个嘴馋孩子般的陶醉。

酒杯摆上来了,桌上只有一个老人的残羹剩饭。洪玉林笑呵呵地和对面的年轻人喝下了第一杯酒,脑子虽然更加凌乱,但看上去他是真心高兴,这栋大房子里要有人晃动,有人说话,才叫家嘛!平常除了天天陪着他的保姆,以及二儿子汉国时不时回家看看,老人觉着再不会有人踏进这个家门了。从前单位上的人还经常过来看望他,先是那些受他提拔的下属,以及渴望得到他美言的后生,再后来就只有中秋节和过年前老干处的人来了,他们不过是完成节前慰问的工作任务,还没有等他过问清楚单位上的事,人家的后脚已经在门外。气人的是这帮小狗日的今年中秋节都没有来！他感到自己已经没有了组织，一个干了一辈子革命工作的人，忽然失去了组织，生命的意义就没有了，只是等死，等得每一天都比一百年还长。更不要说等到个节日见到组织的人！外面的世界正无情地将他抛弃，像一辆越驶越远的乡村公共汽车，把他孤零零地扔在荒野里。他既找不到组织，也找不到回家的路，或者说，回家的路有很多条，错乱无序地在他的眼前铺展，而他明明感觉得到家就在眼前，一抬腿就可推门而入。他看得见老家的那间土坯房，看得见在火塘前忙碌的母亲，还看得见火塘上方悬挂的腊肉，被烟火熏得红亮红亮的，七八岁时的洪玉林偷偷地抻长脖子去舔腊肉上渗出的油珠。香啊，真香。这香味如此真实，好像味道还藏在舌头下面。但洪玉林却推不开时间源头那扇遥远的家门。

白银华神色诡异地从楼上下来，悄悄向他哥低语道:楼上有个保险柜。那时白金华已经和老人喝到第三杯了,他开始想象那个保险柜,它肯定有密码,如何才能让这个老人说出密码呢?

你还认得回家的路啊?来来来,喝酒……老人忽然高声喊,他的眼睛明亮异常,猛地站起来向白银华迎去,刚跨出一步腿就绊在凳子脚上,他摔倒了,手徒劳地在空中抓了一把,把两个碗、一个酒杯带到了地上。几声脆响后,老人已经跌坐在地上了。

白金华首先看到了一股血从老人额角处流淌下来,黑红黑红的,大约是在椅子角上刮破的。他上前去搀扶起洪玉林,让他重新坐在椅子上。大爹,今天你都摔了两跤了。你头上出血了,我帮你擦一下。不要动哈。

白金华从餐桌上抓过几张餐巾纸,又对白银华说:去找找看有没有创可贴。大爹,你的药柜在哪里?老人这时高声叫唤起来:哎哟,我痛。白金华用餐巾纸压住伤口，说：一会儿就好了大爹。老人说：我手痛。白金华拉着老人的手甩了几下，说：手没有摔着啊大爹。老人又说：我脚痛。白金华说：那你起来走两步。他扶着老人走了几步，没有发现有什么不对劲儿。

白金华现在感到了害怕，今天要是整出人命来，他们兄弟就惨了。老年人的事，说倒就倒了，说走就走了。白银华原来说他一个人来就可以把事情办了，他说哥你有家有口的，我一人做事一人当。但白金华怕他毛手毛脚的，将事情闹到不可收拾的地步。他珍惜自己的家庭，但他也只有这一个兄弟。

白银华开始无所顾忌地游走在各个房间，老人并没有什么反应，只是默默地看着餐桌上那几团浸染了斑斑血迹的餐巾纸，忽然反常地哼起歌来——

如果是这样，你不要悲哀，共和国的旗帜上……

白金华有些莫名其妙，他不知道这是什么歌，更不知道是唱给谁的歌。这个神神道道的老人，大约只有外星人才能跟他对话。你碰到一个外星人，可能会得到世界上最珍贵的宝贝，也可能被外星人掠走，一去不回。白金华眼里的外星人，既有某些从不正眼看他的人，也有那些钱多得不可思议的富豪。虽说都生活在同一座城市，但每个人的天空是不一样的。

好在老人的伤口也不是很大，况且老年人，血凝固得快。白金华松了一口气，继续和老人瞎扯，企图能得到更多有用的信息。白金华让白银华陪着老人喝酒，自己借口说要去找点纱布，帮老人包扎一下，也闪身上了楼。楼上有三间卧室，一间书房。显然只有一间卧室常有人住，那是一个带有卫生间的大房间，除了一排大立柜、一把日本进口的高档电动按摩椅、两个床头柜外，没有多少摆设。落地窗帘拉得很严，卧室虽然收拾得还整洁，但白金华还是闻到一股陈腐的气息。这种气息跟他家奶奶的那间黑暗狭小的小屋子里的气息差不多。老年人的睡房，不过是还剩最后几口气的人的“活棺材”，乡下城里都一样。孤独、阴暗、晦气，阎王派来的小鬼在窗台上探头露耳，死亡的阴影在空中飘浮。当然，卧室也是很多人最喜欢存放财富的地方，卧室里要是还有一个带密码的老式保险柜，你用脚趾都想得出来它会收藏多少财富。这个保险柜是绿色的，有一个衣柜那么高。可这个连人都认不出来的老人家还记得密码吗？白金华有些灰心地想。

真正引起白金华注意的是二楼的书房，它约三十平方米，两面墙是书架，靠阳台那一面是落地玻璃窗，还有一面墙上挂满了大大小小的照片，有彩色的，也有黑白的，还有很多的奖状和勋章，都用精致的相框装潢。这是这个家庭的荣誉墙。白金华在这座城市做装修十多年了，还没有见过哪家的墙上挂有如此“重量级”的照片——总理和蔼可亲地握着一个激动得露出满嘴牙齿的军人的黑白老照片。应该是楼下那位老人家年轻时的照片，还有一张彩色军人照，武警少将军衔，从五官长相上看，或许是老人的儿子。他目光犀利，威风凛凛，仿佛身后有千军万马，随时都可以掩杀而来，让白金华无处遁逃。

天老爷，这家人可惹不起。

家里来了贼。

白金华回到餐桌边时，老人语气平和地说。就像说家里来了朋友一样随意。白金华的心嗵嗵狂跳，白银华端酒杯的手抖了抖，去年白银华跟人斗殴被人用一根钢管抵在墙角，都没有此刻这样紧张。但老人那副淡定从容的样子，让他们一时又无所适从。

大爹，你说谁？白金华的声音发颤。

电视上都放了，贼进屋了，要出人命了。老人用手在脖子处比画了一下。

白金华用了十二分的力气才让自己镇定下来，说：那是电视。贼只是想拿点值钱的东西，不会杀人。

光天化日之下，他们也太猖狂了！老人忽然一拍桌子，目光凌厉起来。那种凛然不可侵犯的威严是白金华兄弟从来没有见识过的，他们几乎要崩溃了。

人啊，不能起贪心！不拿群众一针一线。老人嗓门儿洪亮地又加了一句。

大爹，你是说……电视上的坏人？白金华沙哑着嗓子问。

电视上放的，都是我叫他们拍出来的。老人转眼又平和下来，还打着手势，像在做报告：四·一九入室抢劫杀人案，刑侦处的人勘查了现场后，我让宣传处的人去录像。我给他们说，为了保卫我们国家改革开放的成果，要告诉人民群众增强防范意识，要震慑犯罪分子，敦促他们尽快投案自首。四·一九案告破后，两个犯罪分子王超贵和赵七能供认，他们就是在老乡屋子里看到了我们拍的电视，晓得了我人民警察的强大威力，从躲藏的地方跑出来。一跑不就落进我们的手里了？到处都是卡子，到处都有我们的眼睛。他们能往哪里跑？

这个老家伙哪里糊涂了吗？白银华有些绝望地看了看他哥。而白金华迎着老人咄咄逼人的目光，只能心虚地回答道：是，他们……不该跑。

你找到要找的东西了？老人依旧语气平和地问。

白金华吓得尿急，冷汗直冒。大爹，你头上出血了，我……想找纱布给你包扎一下。我只找到几片创可贴，大爹，我们先给你贴上止血哈。

白金华抓了张餐巾纸将老人脸上的血迹擦干净，这时他闻到从老人身上散发出来的臭味，原来城里的老人也是臭的啊。白金华的奶奶身上也经常有这样的味道，老人大小便失禁，可不像一个婴儿尿床那么简单，白金华又重新找回了点信心。但白银华将创可贴给老人贴上时，洪玉林一把抓住了他的手，忽然大声说：你这下跑不了啦。

白银华使劲儿挣扎，都把老人从椅子上带了起来，但也没能挣脱。老人的手竟然像鹰爪一样有力。

白金华忙上前去，抓住洪玉林的胳膊，急切地说：大爹，大爹，我们……我们来过你家的，帮你家送东西，你忘记了吗？我们不是……你想不起我们来就算了。大爹，我们还有事，我们走了。他不断给白银华使眼色，赶快脱身走人。

但老人断然说：只许你老老实实，不许你乱说乱动。

白银华有些恼怒地说：你放开我！他用另一只手抓住了老人的手，准备来硬的了。白金华脸上也现出事情就要办砸了的恐慌。

汉中，你好不容易回来一次，我讲个笑话给我听。

老人的语气忽然温和起来，像一个父亲对归家的儿子说出来的殷殷话语。我把汉国叫回来，汉美叫回来。汉国都当爷爷了，我们家四代同堂了哟，过年时我们一直在等你回来啊。每年的年三十晚上，我会悄悄给你留菜哟。不能让你妈知道，不能让她知道。他的脸上这时荡开一层哀戚之色，可怜巴巴的样子，像一个被人遗弃在大街上的老人。

白金华反应过来，老人又犯糊涂了。汉中是谁，是他的儿子吗？他怎么会对着白银华说这样的话？他究竟要跟哪个讲笑话，又想讲个啥子笑话？真是急死人！白金华长吁一口气，这个老人家得哄一哄，不然他不依不饶地纠缠到门外，那还了得？

三个人重新坐下来，老人兴致又高涨起来。人齐了，就欢欢喜喜地过年了。都不要走，汉国平常在部队工作也忙，喝酒嘛喝酒。

白金华问：大爹你有个儿子是将军啊？老人一撇嘴说，将军算个啥？呵呵。这小子小时候调皮，差点被我一枪崩了！他现在嘛，工作是刻苦的，组织上是信任他的。

白金华又问：大爹年轻时见过总理？老人的眼睛亮了，嗓门儿又大起来，一脸的自得之色。一九五三年去北京开公安英模会，总理问我多大参加革命工作，我说十五岁。总理说，还是个小鬼嘛，打仗害怕吗？我说报告总理，我跟共产党走，干革命，就不晓得“怕”字。总理笑了，跟我握手。我激动得差点要哭。

白金华心里想：这就是人们说的老干部了吧？还是老公安。我们动他一根汗毛，惹的麻烦就大了。

四

在旧金山大湾区圣何西县皇后镇的一幢公寓楼里，地产律师洪汉美借助远程监控系统将万里之外家中的情况看得既一清二楚又一头雾水，手中的电话拿起又放下。

本来此刻已是美国西部时间的深夜一点，她早该去就寝，九点还要出庭。但她惦记着家中的老父亲，因为她知道今天保姆回农村老家办医保，要到北京时间的晚上七八点才会回来。家里几个房间都装了监控摄像头，这是她去年回家力主安装的，借助网络他们这些在外奔前程的子女可以随时看到家中的情况。两个月前的一天中午，保姆郝妈在午睡，洪汉美在监控画面中看见厨房里飘出阵阵浓烟，便急忙打越洋电话到小区物管那里报警。原来是老爸想烧开水，却把郝妈炖在煤气灶上的一锅红烧肉烧煳了。满屋浓烟滚滚，洪汉美在旧金山仿佛都闻到了浓烈的焦煳味，而亲爱的老爸却呆坐在客厅里浑然不知地看电视。

从前一年回国探亲时开始，洪汉美就发现孤独的父亲越来越糊涂了。五年前母亲去世后，父亲就像一个落单的老小孩儿，越发沉默、迟缓、笨拙、木讷。从前那个叱咤风云的传奇英雄，那个让子女们既自豪又惧怕的父亲，那个让犯罪分子闻风丧胆的前公安局局长，现在成了一个吃饭都要戴一个口水兜的老孩子。他的光荣过去，正在被一块无情的橡皮慢慢擦去。

阿尔茨海默病，中国人略带不恭地叫作老年痴呆、老糊涂，医学上也称之为 AD 患者，也许是所有做儿女的肩头上卸不下来的重担。洪汉美最早察觉到父亲正不幸滑入 AD 患者的深渊，两年前就提醒她的哥哥洪汉国要引起重视。但洪汉国身为边防武警部队的少将,长期忙于公务,对父亲的状况并不以为然。说老年人嘛,都有不清醒的时候。咱老爸活了八十多岁了,能吃能睡,啥病没有,血压也不高,一年都不感冒两次,够省心了。洪汉美却不这样看,父亲面对回国探亲的女儿,再不会一遍又一遍地询问美帝国主义的社会治安状况,再不见他天天读《人民日报》和《参考消息》,甚至连《新闻联播》也不准时收看了。她就父亲的状况咨询了美国的医生。医生说,你父亲现在的病症属于AD症初期,它是不可逆转的,只会越来越严重。从失认,到失忆,再到彻底失去生活自理能力。她记得去年回家那天的家庭团聚宴,老父亲端起红酒杯对她说,妈妈,你辛苦了。餐桌上的晚辈们笑翻了天,老人一时手足无措,不知道自己到底做错了什么。洪汉美当时眼泪忍不住流了出来。

如果母亲不先走,父亲不会老得那样快。家人都这样认为。一个亲人在衰老,并不仅仅体现在他脸上的皱纹、满头的白发以及越发蹒跚的步履,他是一盏逐渐暗淡下去的灯,是流进岁月的沙漠里越来越细小的溪流,是一棵慢慢凋零枯萎的老树。这是谁都无法阻挡的事情。这些道理洪汉美都明白,她想不明白的是:不可抵御的衰老,为什么会摧毁一个人的智力,抹去他的记忆,让他失智?不管他曾经当过总统首相,还是贩夫走卒。仿佛是上帝拣选出一些人,向世界展示人生尽头的残酷与玄妙;或者说,在生界与冥界之间,还有一个只有他们深陷于此的黑洞,幽暗、缥缈、迷蒙、混沌、混乱,没有人可以拯救,也没有人能够理喻。

洪汉美不无悲哀地发现,家中的人已经不屑与这个曾经威风八面的一家之主多说一句话。哥哥汉国总是忙,嫂子对父亲的厌恶在空气中都嗅得出来

(母亲去世后这股气味益甚),侄儿洪疆刚得了一个宝贝女儿,一心只过自己的小日子,是那种精致自负的小中产,他们一周回爷爷家一次,不过是为了履行当孙子的义务,那种漠然、敷衍,甚至不比对二哈更亲热。哥哥一家人放着一栋大别墅不住,宁愿挤在部队分的福利房里。哥哥的解释是他还在部队当着领导,住在别墅里影响不好。洪汉美明白,自己没有资格责怪哥哥一家不管老父亲,当她看到保姆郝妈搀扶着父亲在空荡荡的小区踟蹰散步时,只有一种深刻的无奈。自己身在美国,离异,和女儿刘涯难得回国一次,刘涯和外公也几乎没有多少亲情可言。这个在美国长大的孩子总是会问同一个问题:为什么不送外公去养老院?我们不想被人指着背脊骂。这不是洪汉美说的,是哥哥汉国的话。一个受人敬重的将军怎么会把自己的父亲送进养老院?洪汉美只能给女儿这样解释:我们这一代中国人,将

“忠”和“孝”视为美德，信奉的是“老吾老，以及人之老”。儿孙一大群，老人却在养老院，是不肖子孙的做法。那就宁愿看到一个老人关在家里孤独寂寞而死，也不愿给他一个有尊严的晚年？面对女儿的指责，洪汉美总是底气不足地说：不，你外公晚年很幸福。

洪汉美当然知道自己这话里的虚伪，二十七岁的女儿也知道。甚至家里任何一个人都明白，别墅里的这个老人，如果真的要有幸福的话，就是他能够穿越眼下的混沌世界，进入天国的那一天。侄儿洪疆有一句话是这样说的：一个经常尿裤子的老男人，活着还有什么意义啊？

父亲还不到大小便失禁的地步，但他已经不能“正确”地大小便，除非有人帮他。经常的情况是，他要么人站在便槽前，却将小便滴滴答答地全尿在裤子上、鞋子上；要么他将大便屙在便坑外（父亲一直拒绝用马桶），然后又像小孩玩泥巴一样搞得卫生间里一片狼藉，有一次他把大便糊在了盥洗台上、镜子上、墙上（也许他想将之清理干净，但却越搞越糟）。去年洪汉美回家过春节，给父亲买了一箱纸尿裤，可父亲却拒绝穿，说女儿把他当什么了，小屁屎娃儿吗（这种时候他为什么又那么清醒）？洪汉美只得一次性买来十条棉裤、二十条秋裤、四十条单裤。她告诉郝妈说，只要他屙在裤子上，你就给他换。洪汉美不能容忍父亲身上散发出来的一丝恶臭，但家里还是经常恶臭盈室。她不明白的是：一个暮年男人的屎尿，为什么会那么臭？那么大的房子，只要父亲一“闯祸”，几间屋子都臭不可闻，而且那臭气中还夹带着死亡的气息，令人无法忍受。她专门托人从西藏买来藏香，让郝妈到处熏。再好再浓郁的空气清新剂或香水啥的已经没有多少效果了。

给父亲换裤子的事情，家里人都不愿脏了手，全交给郝妈做，没有哪个家人能够忍受那种臭味。一个人活成老小孩，可能会变得很可亲可爱，但也可能会令人无可奈何甚至心生厌烦。父亲情绪不好时，便会骂人，甚至动粗，乱打乱踢，仿佛不是他尿裤子了，而是别人。哥哥汉国有次帮他换袜子，结果遭父亲狠狠踹了一脚。所幸任劳任怨的郝妈还可招呼得住个性一向刚硬古怪的父亲，她说什么父亲都乖乖地听，老老实实地按她的话去做。即便是母亲在世时，父亲都不会这样听话。

他们是谁？父亲好像跟他们认识。但在洪汉美印象中，家中没有过这样的朋友或亲戚。父母的亲戚中，母亲那边的洪汉美全知道，母亲出身于城里的读书人家，亲戚本来就不多，来找洪家帮忙的少。父亲那边的穷亲戚就太多了，七大姑八大姨的，过去不是来借钱就是来请求安排工作。父亲参加工作早，对故乡似乎没有多少感情，又是一个极讲原则的人，常为此得罪不少老家那边的亲戚。后来父亲索性不回老家了，他说人家是衣锦还乡，我穿一辈子制服，不能用公家的衣服去还我欠的债。

莫非他们是父亲老家来找工作的后生？不然父亲怎么会请他们喝酒？那两个年轻人看上去不像是有多大教养的人，但也好像不是贼眉鼠眼的坏小子。家里的卧室、书房、客厅、餐厅、阳台这几个父亲常去的地方都装有摄像头。起初洪汉美看见一个年轻人在父亲的卧室床头柜翻找什么时，吓得汗毛都立起来了。但她随后又看见这人把一片创可贴贴在父亲额角上。卧室的床头柜就是他的药柜，应该有创可贴之类的常备药。

家里的监控设备装好后，洪汉美觉得自己逐步沦为“窥视癖”，一发现有什么不对劲就打电话。有一次郝妈去超市买菜，她看见父亲长久歪坐在客厅沙发上一动不动，家里的座机打了无数遍，他也没有反应，父亲也不用手机，说看不清上面的数字按键。洪汉美认为父亲不是心脏病犯了就是脑梗，便哭喊着打电话到物管公司。那边倒是反应迅速，立即派人去敲门，门又敲不开。然后社区民警、救护车都出动了，最后来了一辆消防车，消防队员搭上云梯从楼顶开着的气窗爬了进去，父亲方才大梦初醒，笑呵呵地面对一屋子的陌生人，把那些警察、医生、消防队员当成单位上来慰问他的人，要人家都坐下来跟他汇报工作。物管公司的经理在电话里抱怨说：洪姐，拜托你不要经常这样吓我们了。

她也曾想打家里的座机，问一下那两个年轻人是干什么的。但她怕如果他们真是坏人，岂不是打草惊蛇？万一他们狗急跳墙做出什么对老父亲不利的举动……她不敢多想。

洪汉美犹豫再三后，决定先给二哥汉国打个电话，但那边一直是忙音。天知道他此刻在哪个连手机信号都没有的地方忙。洪汉美深深叹了一口气，继续观看家里正在上演的那出“戏”。

五

你是谁？

你从哪里来？

你犯了什么罪？

这是什么地方？

每个进了监狱的犯人，一进去就要回答清楚这四个问题。洪玉林就像满肚子的故事刚刚打开了话匣子。我马上就要回去工作了。他打着手势说，他们不让我工作是错误的，组织上的平反通知已经下来了，我知道的。恢复工作是组织对我的信任，职务啥的暂时不考虑。老干处的人乱七八糟瞎尿整，当初就不该提拔小刘这样的人。我受党教育多年，党叫干啥就干啥。老人豪情满怀，一拳砸在桌子上，震得酒杯都翻倒了两个。

这是醉了还是继续在装糊涂？白金华心里叫苦不迭。装糊涂的人好对付，真糊涂的人你还真拿他没办法，你得有时间慢慢和他周旋，在一个混沌的世界里和他一起跌跌撞撞地摸索。就像白金华的奶奶，她一生的积蓄陷在记忆的沼泽里，只有世界上最聪明绝顶的人才可以将之打捞出来。白金华一度认为自己是家里最聪明的人，因为他读的书最多。他读侦探小说、犯罪小说、推理小说，常常把自己也读进情景之中。白金华回老家时把这点才华用在“寻宝”上，最后他就像一只嗅着钱味儿的猎狗，愣是在一床破被褥里把那区区几千元搜出来了。而眼前这个老糊涂的财富，绝对是可怜的奶奶的百倍以上。

可是，白金华今天脑子转得再快，也转不过这个比奶奶还糊涂的老警察。老天爷啊，还是快放我们走吧。

老人仍然兴致勃勃、口若悬河、颠三倒四地给两个图谋不轨的年轻人讲起了自己的革命工作履历：一九五三年梁王山土匪叛乱，杀人放火，一个村寨一个村寨地烧光抢光。工作队员被吊起来打，砍手砍脚。把人装在汽油桶里，架在柴火上活活烤死。我们公安队配合解放军剿匪。雷四眼，过去坐八人抬的轿子，当马帮走四方，驮鸦片去缅甸越南，赚大钱。都是有武装的哟。县公安队伙食好，我从来没有吃到过那样好的伙食。雷四眼出门，前面四挺机枪开路，后面两挺机枪压阵。我们跟雷四眼打了三仗，都让他跑脱了。白面馒头盛在一个大簸箕里，随便吃。我一只手抓四个，两只手抓八个。教导员说，饱饱地吃，吃饱了去追雷四眼。汉中，你要多多地吃，吃饱了好抓雷四眼。来嘛，陪你老爸再喝一杯嘛。报纸上说，雷四眼被我剿匪部队生擒。我那时不懂，就去问教导员，什么叫生擒？教导员说，就是被你活捉了的意思。呵呵！汉中，你晓得了吧，杀人不眨眼的雷四眼，是被你老爹活捉的。生擒，嘿嘿。像抓一只小鸡。

我可不是你的汉中。白银华突兀地冒出一句，把他哥哥都吓了一大跳。这家伙喝高了吗？白银华却不管不顾，语带嘲讽地说：大爹，我要是有你这样的老爸就好咯。我老爹只是个金沙江峡谷里的农民。

金沙江峡谷？洪玉林老人顿时眼睛亮了，是鱼坝村的吗？我家就住那儿。你们一进屋，我就听出是我老家那个地方来的人。什么人张口一说话，我就晓得他从哪里来的。过去干侦察员，三句话就可问出人家是干哪样的。人民公社时有个偷牛贼，说话哐当哐当的，嘿嘿，打铁的嘛。老人现在思路基本清晰，表述也大体准确连贯，跟刚才说话颠三倒四的模样判若两人。

白金华被老人的话搞得心里一会儿热一会儿凉，有点猫爪下的老鼠的感觉。别的不敢想了，能赶快溜走就是大本事。他努力揣摩老人的思路，企图在混沌中找到一条求生之路。他顺口敷衍道，鱼坝村在我们村子的下面，我们在半山上，核桃箐村。大爹，我们是老乡哟。

嘿嘿，老乡，老乡。许多年都没有见到个老乡了。故乡的话题再次引发了老人的兴致。平常他多想跟人讲讲自己的故乡啊，连保姆郝妈都知道他的老家房前有几棵树、屋后的水井有多深、他们家的那头老牛叫什么名字。他开始准确无误地回忆起那些远逝的地名和乡土风俗。鱼坝村邻近的村子是沙石滩和放牛坪，我们在沙石滩上枪毙雷四眼，人山人海。过年时人们在沙石滩上和往来的马帮做买卖，置办年货。四乡八邻的小伙子和姑娘唱情歌打跳。放牛坪的牛羊好，核桃箐的小伙子能干，入赘江边的小伙子个顶个强。有句话是这样说的嘛:买腿长的骏马,招山上的女婿;吃头刀的羊肉,娶鱼坝的姑娘。你们认得鱼坝村的张梨花吗?白金华摇摇头。老人有些失望,说,你们怎么会不认得呢?她是我的老母亲啊,是峡谷里最能干的女人。我好多年没有看到我的妈妈了,我要回家,可是他们不让我去。老人的目光黯淡下来,脸上又现出哀戚之色。

白金华问:你家老母亲还活着?

活着的嘛,还可以上山打柴呢。老人肯定地说。有天打柴的时候,就生下了我,小时候他们叫我柴娃。唉,活着活着,就没有用了。

白银华冷冷地说:大爹,你不愁吃不缺喝的,手里有花不完的钱,还住这么大的房子,活得多风光啊。

风光?年轻人才会风光。老人轻松下来,脸上的皱纹也舒展开来了,老顽童般晃起了脑袋。山这边的姑娘唱山歌，还没有唱完，山对面的小伙子就跑到跟前来了，这才叫风光。

白金华应了一句：是啰是啰。我们那边都是这样的。

老人的目光温热又空蒙，望着窗外绿茵茵的树林，仿佛看见了故乡的火塘。他说：峡谷里的梨树，一阵春风吹过后，就高高低低地都白了，好看得不得了。江水起春汛，那些鱼噢，要去小龙溪上游摆子。拿个撮箕，站在小龙溪的水头上，一撮就是满满一撮箕啊。呵呵呵。天底下最好的地方，就是我们的金沙江峡谷啊。洪玉林笑得口水都淌下来了。

屁哟。穷山恶水的山沟沟。白银华嘀咕了一句。

老人"啪"的一声拍起了桌子。瞎说！我不准你诬蔑我的家乡穷！我们那里要啥就有啥的，鱼米之乡嘛！

白银华顶了一句：穷就是穷，我没有诬蔑。那个鬼地方就是穷得鸟都不屙屎。

老三,莫多话。白金华低声喝了一句。

穷?穷……穷……洪玉林嘴唇哆嗦起来。再陡的坡上都要长棵草。你咋个长大的?

爹妈养的!白银华根本不听他哥哥的。爹妈都是盘田种地的农民,我们能好到哪里去?

你……不爱妈妈的小杂种,老子要毙了你!

老人下意识地去摸腰间。这个动作娴熟、自然,一看就知道是个一辈子佩枪的人。白金华心头一惊,他相信老人腰间如果真有把枪的话,白银华也许还不明白怎么回事,枪口就顶在脑门儿上了。

白银华冷笑道:你枪毙了我,家乡不还是穷?来嘛,反正我们这种人的命不值钱。猪。我们是猪!你晓得吗?白银华声音大了起来。

你放屁!老人喝道。旧社会劳动人民才牛马不如。你这个反动分子!老子的枪呢?他两手固执地在空荡荡的腰间乱抓一气，最后有些难堪地将手捏成了拳头。白金华注意到那是一只枯瘦的拳头，骨节粗大，皮肤松弛，蜡黄的手背上布满灰褐色的老年斑。

这只握了一辈子枪的手终于颓然地放下了，老人的头也低下了，呼呼喘气。白金华赶快给他倒满一杯酒，说：大爹，你消消气，我们喝酒吧。别跟他计较，他不懂事。

老人一口把酒喝了，说：再来一杯。

老人连喝了四杯，屋子里的气氛缓和下来了。白金华想，干脆把他灌醉了算了。没想到老人忽然说：家乡那么好，你们跑到城里来做啥嘛？

白金华说：大爹，你怕是好久都没有回过老家了，我们那边真的很穷。

老人不计较这“穷”字了，沉默了好一会儿，才问：真的？

白金华平常最怕别人问老家的事。他总是为自己的故乡感到羞愧，他情愿自己是个没有故乡的人。不是因为故乡穷，而是故乡带给他乡下人的身份，让他在城市里再漂泊几十年也擦洗不掉。就像白银华说的那样，爹妈是盘田种地的农民，你好不到哪里去。他只有指望自己的女儿，她出生在城里，她的故乡就是这座城市，将来她还要在这城里工作，把自己民工后代的身份像擦作业本上的铅笔字一样擦掉。这世上有这样一块“橡皮擦”吗？他不知道。

他没有正面回答老人的问题，显得有些沮丧和忧伤地说：我们这种农村人，吃得饱饭，又有什么出路呢？我爸出来打工十多年，只是把我们养大，我们是民工二代。现在满大街都是富二代，我们不敢去比，我们当年没有条件上大学，这辈子就当个农民工，也认命了。我只是不想我女儿再当个民工，在这座城市里没有身份、没有地位，将来再嫁个民工，以后子子孙孙都是民工！真那样的话，我们的生活还有什么意思？没有钱，还不是生活中最大的难事。活得没希望，那才难。

白金华不知不觉动了真情，好像搞错了说话的对象。连白银华都听不下去了，戗了他哥一句：啰唆。

老人却郑重其事地说：让她好好读书。

白金华还陷在自己的情绪中。要有条件啊，大爹。农民工的孩子要上个城里的好学校，可不容易。当年我还想考警校，像你一样当个人民警察哩。可是我们的学校，小学时就一个老师，中学时教语文的老师还教数学和地理。你说说我们怎么跟城里的学校比？

农村娃娃，好好读书，才有出路。洪玉林抓住白金华的手，不停地摇晃，像是在托付一件重要的事情,把白金华搞得有些感动,以至于他都搞不清自己的角色了。

白银华却一撇嘴:你说得轻巧噢,大爹。我们又不是那些有钱人,想上哪样学校就上哪样学校,国内再好的学校也嫌不好,还出国留洋哩。

老人正色道:瞎说!留洋有啥好?我女儿就在美国读的书,遭罪得很。日子过得那么苦,还受美帝国主义的罪,真是气死我了。

白银华嘲讽道:看看吧,你们这样的人家,都去美国读书了还喊遭罪,我们想受这种罪还没有资格哩。妈的有钱就任性,想过啥日子就过啥日子。

放屁!老人喝道,年轻人,你的资产阶级思想很严重。

嘿嘿。白银华用戏谑的语气说,老大爹,我还想有地主阶级的思想呢。我他妈的有得起吗?

剥削思想。我要枪毙你!老人厉声说,又从座椅上站起来，身子晃了一晃，险些再次跌倒。

哈哈哈哈，大爹，你都枪毙我两次了。可是你的枪呢？

白金华觉得他兄弟今天不把事情闹到不可收拾就不肯收手，这让他感到害怕。他喊了一句：老三，你太烦了！

孩子要读书。要读书才好……老人嘴唇嚅动着，又坐了下去大口喘气，不知是气的，还是累的。他又抓住了白金华的手，与其说这次是想要嘱托什么，倒不如说他想找个支撑，以让自己不瘫倒下去。这个老人已经被他们打败了，像风中的枯树，一阵微风就可让他轰然倒地了。餐厅里此时斜射进来一束阳光，在洪玉林的头上镶上一层耀眼的光芒，让那满头的银发更白，白得近乎透明，白得令人心生怜悯和敬畏。

两兄弟的目光碰在了一起，都从对方眼里看出了无奈,也明白现在是开溜的最好时候。白金华抽出了自己的手,说:大爹,我们要走了。白银华也接了一句:我们走。拜拜了老大爹。

不要走……老人伸出一只手,仿佛想挽留他们。但他忽然张了张嘴,“啊、啊”两声,艰难地站起来,一行尿液从裤裆处稀稀拉拉地淌下来了。

白银华皱起了眉头,鼻子收紧成一团,白金华也闻到了一股新鲜的尿臊味。

郝妈,郝妈呢?老人手足无措,张着嘴四处看。

地板上已是一摊尿液,浓烈的臊臭在餐厅里弥漫开来。白银华面带鄙夷地说:喂,你尿裤子了。

老子没有!老人硬硬地回敬道,但是他又不得不低头看脚下的尿渍。他想移动脚步,但却一脚踩在那摊尿上。他提起脚来,放下去,还是踩在尿液里。“啪嗒”“啪嗒”,老人左脚挪右脚,右脚换左脚,仿佛在踩着尿玩耍,让两兄弟不得不再次皱起了眉头。

嘿嘿,你慢慢和你的尿玩吧。白银华幸灾乐祸地拍拍老人的肩膀,准备走人。

麻烦你们……麻烦你们,找条裤子……老人费力地说。终于明白他现在的窘境。

想得美哟!你又不是我老爹。白银华说。

老三!白金华喝了一声,起身往楼上跑去。

麻烦你……老人目光哀怜地追着白金华的背影。

一会儿白金华就拿了一条裤子下来。过来,帮个手。他对白银华说。

白银华一把抢过他哥手里的裤子,抖了抖,对老人说:告诉我楼上保险柜的密码,我们就帮你换裤子。明白了吗,老大爹?

老人呆呆地看着两兄弟,嘴唇张了张,无话。

你浑蛋!白金华没有料到兄弟会来这么损的一

招，张口骂了一句。

大爹，你好臭哟！你好好笑哟，“我讲个笑话给我听”。哈哈，这就是你讲给自己的笑话？讲干净是要花钱的。白银华并不理他哥，冷酷地说。我们他妈的从来就不干净卫生，天天一头灰一身泥，才能挣一点点钱。钱还被人骗走，孩子也没钱上学。社会险恶啊大爹。

白银华将手中的裤子往前递了递，老人伸手来接，白银华又收回去了。说出密码来，我们就给你换上。快点想哟，裤子上有尿可不好受。他笑吟吟地说，像在逗一个小孩。

白金华常常不明白他这个老弟的心肠为什么会那么硬。兄弟俩在社会上闯荡多年，在需要跟人争勇斗狠时，往往是当弟弟的冲在前面。没有白银华这个狠劲儿，他们怎么会走到这一步？他们本来是来打劫的，但未泯的良知告诉他，他应该去帮助眼前这位老人。那他到底是好人还是坏人呢？在社会上你想做个好人时，没有多少人正眼看你，而当你黑下心来做坏人时，又有一双无形的手推着你去学雷锋。这让他对眼下的困局心生厌恶。他觉得现在是他们哥儿俩掉进粪坑里啦，比站在一摊尿里的这位老人家还狼狈。

老人睁大了眼睛望着白银华，目光里既有屈辱又有愤怒。他又转头求助似的望着白金华，白金华连说一句话的勇气也没有了，不敢直视老人的眼睛。他想，我们是在做要挨雷劈的事。但事到如今，不管你做还是不做，天上惩罚的雷已经在积蓄力量了。

这是一段困难的时间，像沙滩上被烈日炙烤的鱼，人有时熬不过去，一颗鲜活的心便瞬间成炭。老人开始莫名地淌眼泪。先是一两滴，缓慢地在苍老的脸上流淌，然后他张了张嘴，像一头老狼一样干号了两声，又止住了。

我想不起你们是谁了。想不起来了。你们弄死我吧，弄死我吧。我这个样子……唉，唉。我不想活了，我听到我妈妈在喊我了。

白金华声音小得连他自己都听不见。大爹，我们是……我们其实不是……只是孩子要交大笔的学费……他语无伦次、结结巴巴，世界上大约很少有这样狼狈不堪的打劫者。他想去拉着老人的手，或者帮他拭去脸上的老泪，但是他不敢。奶奶说过，老年人流泪，佛菩萨也会不高兴。你们年轻，看到姑娘红扑扑的脸是福气，可看到老人的眼泪，就要遭报应了。

白银华继续他的冷酷。生不带来死不带走的东西，你捂着藏着干什么呢？这世道有人抢钱明火执仗，有人抢钱喝杯酒之间。大爹，就算你先做件好事，我们再学雷锋。

洪玉林终于缓缓嚅动了下嘴唇:要根针就给你针,要根线就给你线。走嘛。

白银华的眼睛开始放光，白金华却感到害臊。老人已经颤颤巍巍地走在前面了,看上去既漫不经心,又无所畏惧。

等一下,大爹。换双鞋吧,楼上是地毯。白金华说。

白银华瞥了他哥一眼:多鸡巴事！杀猪还怕手上沾血?

老人这时停下脚步,回头不急不慢地对白银华道:我们老家有句话说,隔着大山娶媳妇,等于在温泉里放屁。

白银华不明白这句话的意思,他发现老人的眼神有些不对了，但他仍然读不懂这将意味着什么。白金华跑到前厅鞋架上找来一双布鞋给老人换上。他们那时并不知道，他们在这里做的每一件事情，不是无可挽回的堕落，就是难以名状的救赎。

老人带兄弟俩走进卧室。白银华差点忍不住想跟他哥说：世上有些天大的难事，其实撒泡尿的工夫就能解决了。这种衣柜般大的保险柜，两兄弟给一些公司粉墙时见过。把它放在家里，天知道要存放多少贵重的东西。电视里放的那些贪官，不都是把一摞摞的钱放在这种地方吗？

老人径直走到保险柜面前，默默地站了一会儿，然后握着门上的把柄往右一抬，保险柜门便訇然洞开。白金华恍然大悟，一个脑子糊涂了的老人怎么会记得住密码？他们原先看到保险柜时首先感到犯难的就是如何得到那一连串的密码。他们甚至连试着摸一下保险柜门把柄的想法都没有过！侦探小说把人看糊涂了。人的眼睛有时真的会被一片树叶挡住世界上所有的风景。

两兄弟站在老人的身后，面对梦想中的财富之门，都能互相听到对方的心跳。白银华抻长了脖子，白金华却反常地紧盯着他的兄弟，仿佛随时要按下他脑袋里伸出来的欲望。人有时并不明白自己在最紧要的关头该做什么，无论是以命相搏，还是对一个姑娘说一句暖心的话。生活中的剧情常常在人们的想象力以外，白银华如果在此时要动粗，白金华不敢保证自己会不会踹他一脚。人放下自己的欲望，就跟放下一袋金币一样难。慈眉善目的老天爷有时会化作人间一位宽厚的长者，让你忘记金币。他现在慢慢转过身来，手里捧着一套折叠整齐的解放军65制式军装。

白银华说：大爹，你的裤子在这里。他想老家伙还真糊涂到了把换洗衣服收进保险柜了不成？他的眼睛瞄进了保险柜内，但他很快就被一道光照亮了——这在他的生命中是从来没有过的事情。

你，穿上它。洪玉林老人郑重地对白银华说。

我？白银华吓得后退了一步。不是被老人吓到，而是被那身军装吓到。

此刻，没有比军装更令人肃然起敬，并忘掉邪念。红色的领章鲜艳夺目，草绿色的纯棉府绸布像春天深处的思念。白金华、白银华分别是二十世纪八十年代和九十年代生人，不会知道这身军装所代表的时代意义。他们只是从电影、电视或画报中见到过这款老式军装。和现在解放军的军装相比，他们只会认为它土气。

多年以前，白银华曾报名参军，体检都过了。接兵的一个连长说他文化基础不错，体格也健壮，到部队锤炼锤炼，会是一个好兵。他的梦已经飞进了遥远的军营，农村人嘛，除了考大学，就是当兵。不然他们怎么走出大山？但后来他被告知，他的名额被乡里的人家“顶替”了。白银华没有找人讨说法，也没有唉声叹气，更不会掉眼泪。他只是冷笑几声，就收拾行装找他哥打工去了。

面对递到面前的军装,白银华身上的邪念在消退。是你要换裤子,不是我。大爹……他底气不足地说。

来吧,穿上让我看看。老人轻柔地说,小心地将军装抖开,一股英气扑面而来,令人心动,无法拒绝。

并不仅仅是因为“人是衣裳马是鞍”这样老套的说辞,而是无论何种款式的军装,总是有魔力的。它会和男儿身上的血性相碰撞,激发出此生从未有过的情感。一个再卑微的人,也会被一身军装赋予勇气、荣誉和责任。

把军帽也戴上。洪玉林又从保险柜里取出一顶镶有红五星的绿军帽。哦,对了,还有皮带。老人现在思路清晰,已经完全掌控了局面。军人怎能不扎腰带呢?他说,收腹,挺起胸来,再挺。腰要紧,背要平。好，好，就是这样。就是这样，就是这样，就是这样……

老人围着白银华转，把他拉到卧室里的穿衣镜前，帮他正正帽子，紧紧皮带，抻抻衣角。此时，所有的事情都在向相反的方向发展，或者冲出人们想象力的边境，飞进银河系里，用光年的速度抵达从不敢想象的彼岸。时间发生了扭曲，宇宙也充满了庄严。就像白银华看见镜子里的那个军人，妈哟，老子原来可以是这个样子。卧室里打劫者和被打劫者都忘记了对方是谁，忘记了自己在干吗，忘记了危险仍未解除，并且即将来临……

像啊！像。太像我的汉中啦。汉中，你总算回来了。汉中，我就你这么一个有出息的儿子……汉中，妈妈，妈……妈妈要是能看到你这个样子……

老人双手扶着白银华的双肩，再次抽泣，老泪纵横。

六

简直太离谱了！洪汉美在地球那一端忍不住叫了起来，眼泪簌簌而下。她有想抓起什么东西砸向哪里的感觉。而往昔的伤痛，是你想喊想砸也挣脱不了的渊薮。

一九七九年的春天，是个多雨多雾又压抑伤感的季节，那一年南国边城的樱花不开，桃李不结，戍边的男儿不归。多年以后洪汉美在给自己的女儿讲起这段岁月的感受，她习惯用“稀里糊涂”这个词。这一年她即将考大学，学习是稀里糊涂的，对班上某个男生朦朦胧胧的爱是稀里糊涂的，成绩当然也是稀里糊涂的，忽好忽坏；能否考上大学或今后要从事什么职业更是稀里糊涂。甚至，当某个春雨下得像人的眼泪的晚上，父亲一脸严肃地来到她的小房间，说：你妈要出一趟长差，我最近接了一项很重要的任务，忙不过来。你明天就搬到你小娘家去住，等高考完了再回家。洪汉美的家在城北，走路去学校也就十来分钟路程。小娘家在城南，她都没有想一想家里为什么要如此“舍近求远”，让她每天坐八站地的公共汽车去上学。其实父亲那张严肃认真了一辈子的“干部脸”和母亲事无巨细的照料、念叨早就让她厌烦，到小娘家反倒更自由了，还可偷偷看点闲书，写些永远只给自己看的情诗啥的，于是也就稀里糊涂地答应了。二哥洪汉国那时还在乡下当知青，洪汉美不是十分相信大人们的话，她想最坏的情况可能是又要搞运动了，父亲又要挨整了吧？母亲又要每天愁容满面了吧？在一个少女的童年记忆中，没有比看着父亲戴着高帽游街更大的打击了。

可是有。甚至还更大，更令人无法相信、无法承受、无法忍痛含悲。高考结束，洪汉美在一个炎热的夏日回到家里时，面对的是一夜白了头的父亲、哀伤绵绵的母亲以及大哥洪汉中“革命烈士”的遗像。大哥洪汉中在这年春天的边境战争中牺牲了。即便到现在自己也已经两鬓斑白了，洪汉美还在为当年的稀里糊涂痛悔。为什么不能去送大哥最后一程？为什么不在那个时候陪在父母身边？哪怕不考大学也罢。当了三年知青的大哥也报考过大学，只可惜连考两年都没有考上。父亲说，男儿不当兵，怎么能长成一条汉子？父亲说话的方式从来都是豪迈革命的、不与家人商量的。他亲自为大哥拎着背包，满面荣光地把儿子送上了接新兵的军车。《再见吧，妈妈》，这支歌在那个年代曾经风靡全国，无数年轻英武的士兵在南国的丛林中豪迈地唱着它，挥手告别了他们的家乡，告别了他们的母亲：

再见吧，妈妈，军号已吹响，钢枪已擦亮，行装已背好，部队要出发。你不要悄悄地流泪，你不要把儿牵挂……

这是这个家庭最不愿听到的歌。

真是鬼来拍门了。洪汉美一边抹眼泪，一边盯着屏幕看，生怕看漏任何一个细节。父亲怎么能把大哥的军装给一个来路不明的小子穿上？大哥牺牲后，部队送回来大哥的遗物——一身崭新的军装、一双黑色的新皮鞋、一些衣物、一个搪瓷缸、两个脸盆，还有两本日记本、一本相册、十几本书等等。母亲睹物思子，天天以泪洗面，在床上躺了一个多月。母亲真是不容易，一颗柔软善良的心，破碎在一个铁石心肠的男人身上。谁跟这样的男人过日子谁认倒霉。父亲后来把大哥的遗物都带到自己单位收存，只留下这身军装，锁进保险柜。这个保险柜是单位配发的，平常父亲的佩枪、弹夹、保密文件什么的都放在里面，家里任何人都不知道密码。二哥洪汉国小时候特别调皮，有次他趁父亲疏漏，忘记关保险柜，悄悄把父亲的枪偷出来，拿到公安局大院的小伙伴们中去显摆，事发后差点被父亲一枪崩了。

母亲去世后，父亲的心变得比母亲还柔软。洪汉美有一次回国探亲，撞见父亲一个人在卧室里，把大哥的军装平平整整地铺在自己的床上，军帽也端端正正地放在枕头上，独自垂泪。洪汉美那天拥着父亲，父女俩守着那身军装大哭一场。大哥洪汉中仿佛就在身边，可是他倒下了，再也不能起来。就像那个年代另一支很流行的歌里唱的那样，他已经“化作了山脉”。洪汉美情愿父亲把全部的过去都遗忘，哪怕他不再认识所有的亲人。她曾经跟父亲建议：我们把这军装烧在大哥的坟前吧。父亲的回答是:这军装在,我儿子就还活着。

洪汉美再也看不下去了。父亲这是在干什么?那两个小子究竟是什么人?大哥的牺牲,是这个家庭永远的痛。家里可以挂母亲的遗像,但从没有挂过大哥任何一张照片,哪怕是过去的全家福。只要有大哥在场的照片,都被小心收藏起来了。一个儿子在父母的目光里慢慢长大,他在不同的年龄留下不同的风采,最后永远定格在英姿勃发的二十一岁。哪个做父母的受得了?有些伤口永远不会愈合,尽管它会被流逝的时间一分一秒、千针万线、点点滴滴地慢慢缝合,但在时间的缝隙里,那伤口总会在不经意间被撕裂开来,思念之情、哀伤之痛,依然让人心滴血。几十年过去了,哥哥牺牲的事,家里虽然绝不会忘记,却再不会轻易提起。这是洪家一条不言而喻的铁律。先是母亲受不了,后来是父亲。这个在家里让孩子们敬而远之的严父,在洪汉美的记忆里他的生命中只有工作，绝少有家庭、亲情、父爱，以及儿女情长一类的情感。即便是过年吃年夜饭，父亲的脸上也难得有轻松的笑意。有次母亲在饭桌上抱怨说：大过年的，你就放下你那张“干部脸”吧，让孩子们轻松一点。父亲把酒杯一蹾说：轻松什么？我的干警还在一线值班。不吃了，我去看看他们。大哥汉中战死后，父亲同样不跟任何人商量，就将二哥汉国送进了军营。报纸、电视台的记者天天采访，他可光荣上了天，但回到家里母亲与他寻死觅活，说：你害死了汉中，还要毁了汉国吗？你的心是铁打的，也就算了，难道我的心就不是血肉做的？老两口儿那年差点没离婚。洪汉美每每回忆起这些痛彻骨髓的往事，哪怕只是在生活中因为触景生情的一闪念——一支老歌、一本旧书、一个童年时期的伙伴、听人说起这段共同的记忆，都像有一把锥子扎在心尖上。家里有谁知道她当年选择出国是为了逃避这些挥之不去的伤感记忆？有一年她回国探亲，在街上看到一个青年骑辆已不常见的永久牌旧自行车，要命的是车后还搭一个扎着两条羊角辫的小姑娘。往昔情景扑面而来，那不是大哥正载着自己去上学吗？洪汉美当时就把持不住，在大街上不管不顾地泪流满面。

二哥汉国的电话还是打不通。她便打给侄儿洪疆，说：老爷子一个人在家，两个陌生人摸进去了。老爷子不知为何把保险柜打开了。洪疆在电话那头大叫：这还了得！我马上报警。洪汉美说，先别惊乍乍的，吓着老爷子。你最好先过去看看再说，我感觉那两个人……但洪疆那边的电话已经挂了。

洪汉美想：这下半个城市的警力都要惊动了。

不到半个小时，警方已经悄悄把 A 区 18 幢围得连只野猫也逃不出去了，大队警察封锁了整个小区。市公安局的孙副局长亲自指挥了这次行动，他的指挥车就隐藏在离18幢不到三百米处的一个拐角，指挥车上的微波传输平台已和小区物管安保部的监控画面接通，18幢室内的情况看得一清二楚，家用监控系统让孙副局长省了好多事。封控组、火力组、观察组、侦察组、电磁干扰组以及精锐的反恐突击分队均已就位。侦察小组已经潜伏到18幢东西两侧的窗户下，一种叫作“隔墙听”的侦听器像一副“耳朵”一样地贴在了墙上，孙副局长可以清晰地听到室内人的说话声。反恐突击分队的攀登突击车悄无声息地开到了别墅的北面，一组突击队队员借助攀登架顺利地攀上了屋顶，按计划他们将配合地面攻击从天而降。孙副局长布置了三套攻击方案，将突击分队分成三个战斗小组，每组五个人，分别从正门、窗户和屋顶同时展开攻击。他一再交代突击队队员：人质是我们的老局长，千万不能有任何闪失。老局长要是伤到一根毫毛，我拿你们是问。

孙副局长刚干警察时，洪玉林就是他的师傅。他有些自责这些年来对老局长关心太少了,连两个小蟊贼也敢到老局长家来打劫,这不是羞辱我们这些干警察的吗?因此接到报警后他调集了市里最精锐的反恐突击分队。处置突发情况、解救人质的活儿他干得多了,但没有哪一次像今天这样令他权衡又权衡、小心再小心。

可偏偏还是出了点纰漏。火力小组的狙击手和观察员选择了18幢西面最高的一棵大叶榕树作为火力支援点和观察点。但没想到他们爬上去时,惊动了榕树上的两只松鼠，两个小家伙从树上蹿下来,在周边几株稍矮的树上蹿来蹿去,洪玉林屋里的那只二哈狗这下激动了,冲窗外一阵狂吠。孙副局长从画面上看到两个犯罪嫌疑人行为异常起来，他还通过“隔墙听”听到其中一个家伙问:有人来了吗?孙副局长当即命令:行动暴露,按第二套方案行动。

第二套方案由孙副局长亲自上阵。他戴上耳麦，套一件装有纽扣摄像头的工装外套，化装成一个送水工，先按响了门铃，然后在外面高叫：送水！他身边的助手敏捷地把一根针式软管窥视镜从门缝塞了进去，只有六毫米大小的柔性探头将门后面的情况拍得一清二楚。孙副局长的耳麦中不断传来指挥车上报来的信息。情况正常。两个人走过客厅东端通道。是老局长和另一个嫌疑人。没有使用暴力。没有看到凶器。他们正走向大门。还有五米，四米，三米，两米。准备行动。

门打开了，是那个穿解放军老式军装的家伙来开的门，孙副局长瞥见老局长就在他身后右侧三米处，看上去没有任何要劫持人质的意图。但他还是一步抢进门去，将自己卡在老局长和犯罪嫌疑人中间。跟在他身后的反恐突击队队员蜂拥而入，利落地将这个家伙按翻在地。这时从屋顶展开攻击的队员也从楼上冲下来，他们很快从餐厅里把另一个犯罪嫌疑人制服了。

孙副局长扶着洪玉林，说：老局长，是我们。

洪玉林眨了眨眼睛，好一阵才仿佛认出从前的老下属。但他接下来的反应让所有的人大吃一惊。

要过节了，你们才想得起来看我呀。嘿嘿。

孙副局长说：老局长，您没有事吧？

坐嘛坐嘛，谢谢组织的关心。来这么多人干啥，你们工作也忙。来了就喝酒嘛。老人拉着孙副局长的手往沙发那边带。

老局长，我们接到报警了。孙副局长说。

洪玉林已经拉着孙副局长坐下来了。小孙，来来来，我讲个笑话给我听。他笑呵呵地说。

孙副局长被搞得有些一头雾水了，他问：老局长，我们是来抓人的。他指指被突击队队员们架着的白金华兄弟俩说：这两个小子……

洪玉林往屋子里望了望，好像一屋子荷枪实弹的警察和被押着的那两个人才让他回到现实，他忽然大喝起来：乱尿整！你们乱尿整嘛。

孙副局长诧异地问：老局长……

把人给我放了。快！孩子要读书。

洪汉国这段时间一直在边境线督阵抓捕一个贩毒团伙，任务完成后才打开家里的手机，待他心急火燎地赶回家时已经是晚上十点。洪疆还在爷爷家，保姆郝妈也回来了，父亲也没有睡，守在客厅里的电视机前，对洪汉国的问候爱理不理。洪疆把他拉到楼上书房悄悄跟他说：警察进屋时爷爷毫发无伤，家里的东西一样也没有少。本来警察当时就要铐人，但爷爷非要给那俩小子担保，说是他老家的亲戚，不准警察动他们，还把他们送上车。警察也查了，他们没有案底，还真他妈的跟爷爷是一个地方的。当然他们一出小区，孙局的人就把他们带走了。

你去把人给我要回来。现在就去！洪汉国父子俩一回头，发现老爷子拄着拐杖站在门口，一双豹子眼在灯光下熠熠闪光。

爸。洪汉国踌躇片刻，才说，孙局有他们的办案程序，我……我不好干预的。

办什么案？老人凶凶地反问。

爷爷，您等他们问清楚再说嘛。您连我都经常认不出来，咋分得清好人、坏人？那两个烂民工看上去就不是好人。现在孙子辈的人对祖辈说话，都没轻没重惯了。

洪玉林愣了愣，拐杖往地板上一杵，喝道：你个小屁屎娃儿，你爷爷是干什么吃的，还要你来教？什么烂民工？我们是一家人！

洪汉国凶了儿子一句：放肆！跟爷爷怎么说话

的?

洪汉国把老人哄到卧室,说:爸您先睡,剩下的事情我去处理。老人说:不睡,我要看到孩子上学。洪汉国问:这么晚了,谁的孩子要去上学啊?老人只是反复念叨:孩子要上学,我不睡。洪汉国最后只得说:好吧,明天我们就送孩子去上学。

好不容易把老父亲哄上床,洪汉国还是找不到头绪。怎么闯进家里来的两个陌生人,倒成了他家的亲戚了?他决定先问一下妹妹的想法。他跟洪汉美用微信视频,洪汉美说:我一夜没睡,把家里的监控录像调出来反反复复地看了两遍,我也问了小区的物管公司,那俩小子曾经在我们家对面那幢别墅搞过装修,凭过期的施工证进入的小区。他们物管公司安保部调出的录像证实,老爷子中午去扔垃圾时摔倒在外面了,是那两个年轻人将他扶起来送回家的。如果是做好事学雷锋,送老人回到家里就离开嘛。干吗赖着不走？还在家里到处翻动。当然他们也貌似做了些好事，比如把摔倒的老人扶起来、为他换裤子、陪老人喝酒聊天等等。可看到他们在家里鬼鬼祟祟的样子，打死我也不相信他们是好人。主意打到我们家来了,也是吃了豹子胆。

洪汉国说:也许老爸在家是太寂寞了,来者都是客,都要热情接待,请人喝茅台。咱爸从来都是疾恶如仇的人,不至于放跑两个敢到家里来行窃的坏人吧?

洪汉美问:最近一段时间父亲的情况怎样？洪汉国沉吟片刻,回答不出来。手上经办的这个跨国贩毒案,让他有两个多月没有来看望父亲了。他回头问在一边玩手机的洪疆,你每周都过来的吗？儿子头也不抬地说:我还不是忙得很,上个月来过的。洪汉国叹口气,对妹妹说:我先去孙局那里问问情况吧。有了口供,什么都清楚了。

洪汉国赶到市局时,孙副局长还在班上。两人年龄相仿,过去孙副局长也是洪家的常客,私下里两人都称兄道弟,因此见了面也不多客气了,直接谈案子。孙副局长说:老局长家出这么大的事,是我们的防范工作疏漏了。下午我把辖区派出所的人狠狠训了一顿。

洪汉国说:发生这样的事情,也难免。孙局,你进门时,你认为我父亲……当时是清醒的?

孙副局长有些不解地说:清醒的啊,我不认为他喝多了,虽然我闻到了他嘴里的酒气。汉国兄,你知道的,我参加工作时,连酒量都是老局长培养出来的呢。

洪汉国把到嘴边的话咽下去了。父亲已经糊涂了这件事,家人都没有告诉外人。英雄老去,诚可尊敬,英雄老糊涂了,爱戴他的人又情何以堪。他换了个话题问:现场勘查的结果怎样?

有些地方被人翻动过了，抽屉、床头柜、食品柜、酒柜、衣柜等地方，都发现了指纹。孙副局长低头翻阅自己的工作笔记，然后他抬起了头说：奇怪的是保险柜的把柄上没有发现他们的指纹。家里值钱的东西都在开着的保险柜里，一台尼康相机、两对手镯、十二件首饰、一套北京二〇〇八年奥运会的纪念金币、两万三千两百四十元现金，都没有动过的痕迹。我们也没有找到任何作案工具，技侦处的人连花园都翻查了两遍。现在是刑拘，老局长不肯做证，还说是你家亲戚，我们又没有找到证据，按《刑法》第八十条规定，至迟明天这个时候我们就得放人。

洪汉国似心有不甘。假定他们是入室抢劫，不至于一样家伙都不带吧？

孙副局长挠挠头说：有这样的案例。对没有抵抗能力的老人、妇女、孩童来说，犯罪分子顺手从厨房里抓一把菜刀就足够了。不过，将军，我可不能做有罪推定的事情。

他称呼洪汉国“将军”，洪汉国自然心知肚明。大家都身居高位，重权在握，又干的是同一行当，都有一条明确的底线。洪汉国为自己刚才的话感到有些害臊，他为自己打了个圆场。

如果他们真是我们家的亲戚呢？你认为？

孙副局长一愣，我怎么知道你们家的情况？难道你老兄……也不清楚？他小心地问道。

洪汉国回避了这个不好回答的问题。他问：你们有口供了吗？

还没有。孙副局长说，刚才来报告说，这俩小子嘴还硬呢。你要不要来看看？

孙副局长打电话让审讯科把审讯室的画面同步传过来，他拉把椅子让洪汉国坐他身边，洪汉国看到被分别审讯的白金华和白银华。他们面无血色，一个显得很惊恐，一个则有些故作镇静。这小子叫白金华，我感觉他有些反侦察经验。孙副局长说。

根据传过来的文字记录，两人辩称他们是来回访从前的客户，看看有无质量问题，遇到老人跌倒在路上，才扶起老人送他回家，在聊天中发现原来是老乡，还是沾亲带故的亲戚关系。他们只是在屋子里陪老人喝酒而已。除此以外，就什么也问不出来了。不过，两人的口供稍有出入。白银华说洪玉林是他的舅姥爷，白金华则绕了半天，说洪玉林是他家二大爷的亲家翁家的一个堂伯的远房大表叔。

这时有人来报告说，两个犯罪嫌疑人的亲属接到我们的通知后，立马就赶来了，是个妇女和一个孩子，就在外面的接待室。孙副局长问洪汉国：你要不要去看看？

他们来到接待室，孙副局长拿着讯问记录本问那泪流满面、不知所措的女人：你叫胡小琴？女人惶恐地点点头。孙副局长又问：你和白金华、白银华是什么关系？女人哭兮兮地说：白金华是我男人，白银华是我小叔子。他们咋个吗？你们要抓他……呜呜呜呜。倒是那个看上去约莫十几岁的女孩不断地为她妈妈擦眼泪，说：妈妈别哭，别哭，爸爸会回来的。这孩子的镇静倒让洪汉国有些吃惊。洪汉国脑子里一下闪过父亲的那句话：孩子要上学。难道……

孙副局长跟胡小琴解释道：白金华、白银华涉嫌私闯民宅，现在正在接受调查，问题查清了我们会再通知你。你们放心，我们不会冤枉一个好人，也不会放走一个坏人。现在你们可以走了。但胡小琴说：我们不走，我们家白金华不会干坏事的。我们要等他出来。

孙副局长转身出来，对跟出来的洪汉国说：这种情况多了，让他们去对付。我也该下班了，要不要去食堂吃个夜宵？洪汉国说：行，我也等等审讯的情况。

快到晚上十二点时,儿子洪疆打来电话,说已经在公安局外面了,爷爷就在他车上。今晚不见到那两个人,他就不睡觉。

洪汉国心里一阵叫苦，不是已经哄上床了吗?他老人家现在怎么就那么精神呢?刚才看审讯记录,已让他找出一些疑点,他相信只要让市局的人审一晚上,什么问题都能搞清楚。但老爷子牛脾气上来了,牛都得给他让道。

洪玉林一见他们就冷冷地问:我的人呢?洪汉国说:正在审。瞎尿整!老爷子又吼起来。孙副局长忙说:老局长别生气。我们进屋里喝杯茶。洪玉林用手杖点着他问:你是哪个?孙副局长赔着笑脸说:老局长,我是孙志峰。

小孙啊。放人。洪玉林将手杖往地上一杵。

老局长,我们正在调查……

放人。洪玉林再杵手杖。

洪汉国有些看不下去了,说:爸,人家有人家的办案程序,我们先回去吧。

洪玉林扬起手杖就要打,在一边搀扶他的洪疆忙拉住了他说,爷爷,爷爷,您疯了吗?

孙副局长把洪汉国拉到一边,说:这样吧,先给那俩小子办个取保候审,跑不了兔崽子的。别把老爷子心脏病惹发了。

深夜一点多,白金华兄弟办完取保手续出来了。白布舒迎了上去,扑到她爸爸的怀里。白金华跪下了,眼泪无声地淌。白银华则像被霜打过了一样,整个人都蔫掉了。市局里值夜班的人都知道了下午的案子,现在听说他们的老局长来了,那些手上无事的处长、科长、支队长、大队长都纷纷跑出来问候。一群高级警官簇拥着洪玉林、孙副局长和洪汉国,恨恨地盯着刚放出来的那两个家伙,仿佛想随时扑上去再将他们捉拿归案。让人感到奇怪的倒是洪玉林，他既不上前去跟他的“外甥”打招呼，也不走，只是站在公安局门厅的台阶上，苍老的目光望着那一家人相互搀扶着狼狈离开。那女人只回头张望了一下，便感到警察们凌厉的目光像一阵阵刚硬的风，吹得她双腿直哆嗦，结结巴巴地说：天爷爷，快走快走。只有那孩子不断回头，眼里全是疑惑。也许她在想：这是一场噩梦吗？

七

一周以后，洪汉国一家搬来与老父亲同住。他用下命令的口吻对妻子和儿子说：老人还在世一天，我们就陪他一天。

陌生人入户事件的余波渐渐平息。生活一如既往，如河中之水，再大的意外，也不过是一块石头扔下来，砸出一些响动、波浪和涟漪，转瞬之间，响声消失，飞溅的浪花跌落，涟漪也平息了。一切恢复如初，一切都将被时间之河载走。

洪家有个微信群，除了洪玉林不用手机不在群里外，其余人经常在群里聊。因此，一段时间以来，大家有空就在微信上讨论。哪来那么“巧”的亲戚？从未说起过，也不事先联系，更不经人介绍，空着两手就登门认亲戚了？远在美国的洪汉美作为一个律师，竟然对发生在自己家中的一桩“疑似刑事案件”束手无策，这让她感到真是对自己职业生涯的羞辱。她在微信里和大家讨论“犯罪未遂”和“犯罪中止”这两个法律概念。她时而扮演起诉人的角色——假定这两个人是打算到家里来行窃，家人及时报案，警察及时出现，阻止了他们犯罪。无论是美国的法律还是中国的法律，“犯罪未遂”都要依法追究刑事责任，至少也得判他们三五年的。

有时她又不自觉地当上了辩护律师——在警察没有到来之前，他们客观上有充裕的犯罪时间，包括家中的保险柜已经打开，老人毫无反抗能力，他们看上去又有点像《刑法》条款中“在犯罪过程中，自动放弃犯罪或者自动有效地防止犯罪结果发生”。如果是这样，则可以轻判或免予刑事责任。

但更多时候她还是作为一个家庭成员在发言——父亲即便再糊涂，也不至于敌我不分吧？当年他参加剿匪，跟随一支小分队追捕雷四眼，三天三夜连续战斗，小分队的战友牺牲的牺牲，负伤的负伤，父亲只身一人一路追踪到藏区的雪山上，最终让杀人如麻的大匪首也不得不俯首就缚。现在那股疾恶如仇、不屈不挠的劲儿怎么就没有了呢？

当然，态度更直截了当的是家庭里的第三代洪疆，这个年轻人在群里指天发誓地说，不把那两个烂民工送进去，他就不配姓洪。咱们抓了一辈子坏人的爷爷竟然被两个小蟊贼欺负，是可忍孰不可忍！

洪汉国有时也会在群里说几句。也许过去咱爸公务在身，不便多讲乡情，现在退休多年了，人也老了，难免就乡里乡亲、儿女情长起来了。中国的乡村你们不熟悉。一个村庄里都是亲戚，方圆几十里的人家还沾亲带故，八竿子打不着的人说不定还有血缘关系。父亲老家那个地方，峡谷深幽，闭塞落后，但民风古朴，重情讲义。

他现在尽量让自己保持公正和理性，不能把一家人的情绪再推向仇恨的高点，尽管他也是意难平。但他一要考虑到自己职务在身，二要应对老父亲说不清道不明、又不依不饶的糊涂或苛刻。这期间只要他一回到家，老人一会儿说窗户玻璃上爬满了拳头大的小人儿，要他用枪把那些想闯进家里的家伙都打下来；一会儿又念叨着要去看白金华兄弟，说他的两个“外甥”都长那么高了，他高兴。当然，老人催问最多的就是那孩子上学的问题解决没有。有次更荒唐到拿出一沓钱来，要郝妈带给白金华兄弟，给孩子交学费。洪汉国起初以为敷衍几日，老人便会慢慢忘记这事——他一生多少重要的人和事都忘记了，连母亲的名字都想不起来了，可“孩子要上学”却像一颗种子一样在他混沌的脑子里生了根、发了芽，似乎满世界都只有这个问题最为紧要。有一天洪汉国刚下班回家坐下来，正想给老父亲问个安，老人又问，孩子上学没有？洪汉国稍稍反应迟了点，老人就一杯茶水泼到了洪汉国身上。

多年的职业训练让洪汉国习惯于从不同角度去思考同一个问题，作为法律的捍卫者，他从不怀疑自己的执行能力、决断能力，他当然也知道有些“灰色地带”，是最详尽的法律条文也难以全部照亮的，何况制定法律的是人，依法办事的也是人。人有时也会陷在“灰色地带”里左右徘徊、举棋不定。他已经从其他渠道摸清了白金华家的大体情况，这个打工家庭竟然不自量力地想让自家孩子上七彩中学，多少城里的中产家庭都对它望而生畏呢。

有个晚上洪汉国从梦中醒来，梦里的情景像刚放过的电影一样。在边境线一侧，有个大山深处的村庄，被人们叫作“背毒村”。因为穷，村里有不少男人偷越国境去帮贩毒集团背毒品。他们挣得并不多，却是用生命和全家的幸福去冒险。在一次缉毒行动中，一个大约只有十来岁的女孩追着他们的警车跑，嘴里不断喊："爸爸，回来！爸爸不要走！"让车上的洪汉国心酸不已。

其实这不完全是洪汉国的梦，工作中他经历过太多类似的事情。只是在梦中那个追着警车跑的女孩，不知咋的幻化成了白金华的女儿。那天晚上她扑进她爸爸怀里，为白金华揩拭眼泪的小手让洪汉国难以忘怀。还有她不断回头张望的目光，除了困惑不解外，洪汉国甚至感觉到了那眼睛里的敌意和仇恨。唉，孩子，我们不是你的敌人。可是你怎么能跟一个孩子解释得清楚这些道理？

第二天上班路上，洪汉国给一个前下属小陈打了个电话，他现在是市教育局的一个科长。洪汉国本来是想咨询一下七彩中学的情况，但下午小陈就回话了，说：报告老首长，您交代的事情已经办好了，学校那边非但不多收一分钱，按城市户口待遇办，还给免了将近一万元学杂费。洪汉国随口说了声谢谢。小陈便道：老首长您千万别这样说，我不敢当的，本来就是小事一桩。明天带孩子去见一下校长，办个手续，秋季就可以入学了。老首长要是没有时间，就我带孩子家长去。洪汉国本想说自己去办，但他实在不想再看到白金华猥琐的样子——他是猥琐的吗？洪汉国有些判断不清，他或许是不忍心看到那个女孩。于是洪汉国对小陈说：那你就帮我跑一趟吧，我把那人……我家亲戚……联系方式给你。洪汉国在心里骂了句：妈的，还真整成亲戚了！

晚上临睡前，洪汉国把帮助白金华孩子入学的事在家庭群里说了，还说当老爷子听到这个消息时，竟然也只说了个“好”字。真不知道他老人家脑子里究竟在想什么。唉，就当我助一次学吧。我也再不会挨他老人家打骂了。

儿子洪疆在微信里语带讥讽地说:一群清醒的人,被一个老糊涂带进了坑里。偏偏他还是咱家的国王。

洪汉国训斥儿子道:瞎说些什么?再糊涂也是你的爷爷!你给老子记住,你爷爷活着一天,他就是一个传奇。

洪疆说:现在是一个笑话了。然后用了一个偷笑的表情。

洪汉国正想再训他几句,这小子现在说话越来越没大没小了。却见到洪汉美在美国那边也搭上了话:助学是应该的,但一个电话就能解决的事情,犯得着铤而走险吗?

洪汉国说:你忘了他们跟我们不一样。

洪疆接嘴道:就是嘛,他们闯进家里作奸犯科,我们还得给他们兜着,帮他们的女儿上好学校。这就是我们和他们的不一样。

Innocent until proved guilty. 这是洪汉美的女儿刘涯发上来的一句英语，平常她一般不参加家庭群里的讨论，一是她对国内的事情不太了解，二是她工作也忙，对洪家的家长里短似乎不感兴趣。

洪汉国 @ 了刘涯：小涯，什么意思啊？

洪汉美代女儿回答：一个人在被证明有罪之前都是清白的。

洪汉国回说：当然，我们国家也早就废除了有罪推定。

洪疆又跟了一句：他们本来就有罪嘛。板上钉钉的事，不需要推定。要不是看在爷爷的分儿上，我早一脚给他们踢进牢里去了。

刘涯这次用中文打上来一句：你们不觉得自己很强势吗？

这下大家都沉默了。许久洪疆才回了一句：我爷爷连冷热都分不清楚了，还不是弱势吗？

刘涯追问了一句：你们一个电话都能解决的事，别人却要用身家性命去搏，谁强谁弱？

洪汉国其实一段时间来也在内心里反问：这件事情要是放在一个普通家庭，孙副局长会调动精锐的反恐突击队吗？派出所的特警中队就足够应付了。如果不是老父亲从中阻拦，白金华兄弟能从轻发落吗？他还想起放走白金华兄弟的那个晚上，面对一大群威风八面的高级警官，白金华一家看上去那样猥琐、孱弱、卑微，像风中飘走的几片树叶。没有比这更具震慑力的场面了。要说强势，这才是只有洪家才会有的强势。干了一辈子警察工作的父亲当然太知道手握权力的人的强势。父亲也是从普通老百姓一步步走出来的。洪家的人都多次听洪玉林讲过他参加革命工作的经历。洪玉林小时候常饿得眼睛发绿。有一次他实在饿得受不了了，就把家里供奉在神龛上的两个荞麦粑粑偷吃了。他父亲是个敬奉山神、水神、树神以及一切鬼魂的人,偷吃敬神敬鬼的东西，山林中蛰伏的各路鬼神就会打上门来。洪玉林被他惊恐而愤怒的父亲一巴掌打得从屋门口滚到门外的一堆猪屎里。那时他才十五岁,穷人的孩子更叛逆。他离家出走了,刚好那年解放军进到峡谷,洪玉林就这样被一个巴掌打进了革命队伍。谁家三代以前没有穷过?

洪汉国还想起有一天老父亲在饭桌上莫名其妙地说了句:有人来找你讨口饭吃,你不要问人家出来要饭的原因,给他一袋米就是了。

刘涯又在那边发话了,说我给你们看看国外一个 AD 患者在刚开始痴呆时,在一个医疗团队的帮助下写下的自白,或许有助于我们理解外公。然后她把一段文字发过来了。

——请给我们说话的时间,等待我们在乱

麻成堆的脑底里搜寻到自己想要使用的词汇。如果我们不知道自己说到哪里，请不要让我们觉得难堪，因为我们的思考和说话，已经不是司机和他开的车的关系。

——请不要在意我们的判断，因为我们慢慢地在丧失判断。我们既没有办法确定自己的判断正确与否，也没有办法说服你们。当然你们也很难说服我们，除非你们使用暴力。我们的判断通常是失控的车，在黑暗中靠惯性往前走。

——如果我们忘了最近发生的某件特别的事情，请不要以为我们没心没肺。只要给我们一点提示就好了，我们可能只是想不起来。您也许能帮助我们回想起刚发生的事儿，也许不能。请别为难您自己。如果我们脑子里彻底没有这件事儿了，那它就是被一块橡皮擦擦干净了。

——也许有一天，我们开始经常忘记锁门,忘记关煤气,经常喊错儿女的名字,一遍又一遍地重复同一个话题;终于,我们又变回“孩子”了。我们会忘记一些事,又固执于另一些事。我们开始无理取闹,我们找不到回家的路,那块橡皮擦把我们所有的过去擦得一干二净。到最后，我们再也离不开二十四小时的看护。我们是想努力保持尊严，但尊严的意义本身，我们也想不起了。很抱歉,这就是生命最后的样子。

一个周末，洪汉国和几位老战友在家里聚会。做晚饭时他去厨房帮郝妈择菜。在给一把芥蓝去皮时,他顺手去灶台上的双立人刀架上取去皮刀。在把刀从刀架上取出来的一瞬间,他的血一下涌到了脑部，就像面对一支指向自己的枪。

洪汉国记得很清楚，这套德国双立人牌的厨房刀具是两年前买的。刀架上配备了适合各种用途的五把刀——两把菜刀、一把去皮刀、一把剔骨刀、一把带齿的多用途刀，还有一根磨刀棒。那把去皮刀刀尖锋利、小巧玲珑，平常去个菜皮、削个水果啥的，非常好用。但在一个月前，郝妈在择菜时将它遗忘在择下的菜皮篮子里，当垃圾扔掉了。事后洪汉国还安慰过自责的郝妈说，一把小刀嘛，再买一把就是。

现在这把小刀就在洪汉国手上，也是黑色的刀柄，不锈钢刀身，刀柄上甚至也有铆钉。只是它不是双立人牌的，洪汉国一摸到刀柄就感到了异样。再仔细一端详，双立人的刀柄上有三颗规规整整的铆钉，这刀只有两颗，还摇摇晃晃的，再看刀身与刀柄的接合部，以及刀背、刀刃，无不带有冒牌货粗糙、拼凑、简陋的特点。妻子和洪疆是绝不会买这种地摊货的。

他问在一边忙碌的郝妈:这把小刀你认得吗?

郝妈瞥了一眼他手上的刀,脱口而出:哎呀,你把它找回来了?

你看仔细点,是你原来丢的那把吗?

郝妈把刀接过去,顺手拿起一根芥蓝削了一下,嘴一撇说:没有我们原来的那把好用。

是你买回来的?

不是。郝妈说,你不是说这种刀人家商店要卖就是一套嘛,单把的不卖。

洪汉国把刀放回刀架,也就那么巧,它刚好放得进去,新旧成色也差不离,只有认真观察才会发现它稍长一些,刀柄还没有抵到刀架口。

这把刀在刀架上放了多久,你还记得吗?

郝妈被洪汉国满脸的严肃吓着了,张了张嘴,回答不出来。

洪汉国记得监控录像中有一段，当二哈开始狂吠时，白金华进了一趟厨房。从厨房的窗户可以看到花园及花园外面的情况。洪汉国当时将之理解为他在观察，他发现什么了吗？他进厨房的时间大约也就十来秒。也许他顺手就将这把准备作案的刀插进刀架上了，这个家伙够机敏的。那天现场勘查的警官还是嫩了点。

洪汉国看着有些张皇的郝妈，掏出一支烟来点上，说：没事了，你忙吧。

晚饭时，战友们都给洪玉林敬酒。这三位战友和洪汉国在部队摸爬滚打几十年，他们一起当兵，一起上军校，过去经常来洪汉国家蹭饭吃，老爷子也把他们当成自己的儿子。饭桌上洪疆故意问他：爷爷您还认得这几个叔叔吗？

老人笑眯眯地说：认得嘛，认得嘛。那么他是谁呢?洪疆指着一个叔叔问。老人仍然笑呵呵地说:是我们家的人嘛,老朋友嘛。他叫什么呢?叫什么不重要嘛,是一家人就是了。高高兴兴在一起喝酒,一家人嘛。老人目光躲闪起来。洪疆却不依不饶,说:爷爷,在一起喝酒就是一家人了啊?现在人们天天都在饭桌上谈生意,尔虞我诈,相互欺骗,这也算一家人?洪汉国实在看不下去了,喝道:洪疆,别多嘴了!

那个晚上,家人都睡了后,洪汉国进到厨房,面对灶台上的刀架发了很久的呆。他抽出几张餐巾纸,将那把冒牌去皮刀从刀架上取出来,仔细包好,放在手掌里掂量了又掂量,仿佛要知道它有多重,仿佛也想追问它曾经试图嗜血的罪恶。然后,他转身将它扔进了垃圾桶。

上帝的情景剧

作者 范稳

有十余年没有写过中篇小说了。越不写，就越对这种文体心怀敬畏。我怕自己一动笔便一泻千里，没有七八万字的量就讲不清楚一个故事。我知道一些写中短篇小说的好手，他们遇到一些有意思的人和事，便能妙手回春、点石成金。

人一过知天命之年，便开始关注健康、养生、活法，以及生命内在的东西。骚动的心渐渐归于平静，趋向于内，而不似以往向外发散、四处游走。如果说外面的世界总是意味着某种程度的探险的话，内体生命的神秘性、不可控以及未知领域，我们现在仅能窥之一二。就像聪明绝顶的人，为什么会活成一位阿尔茨海默症患者？精力旺盛的壮年，为什么说走就走了？

生命中这些生死演绎，就像被上帝设置的情景剧，人在其间挣扎、表演、追寻，扮演着幸与不幸的角色。在与命运不断的抗争或妥协中，有的人终年与病痛、病床为伍，有的人慢慢退回到孩童时代。曾经的叱咤风云、一腔壮志、爱恨情仇，都成过往云烟了。人从呱呱坠地便开始体验生命，然后创造属于自己的世界，再到怀旧中追问生命的意义,想把这世界紧紧挽住,直至世界寂灭,或者生命之火如豆,已照不清昔日的辉煌。人成了一个彻底迷失了自我的人,找不到回家的路,吃饭要戴口水兜,睡觉要穿纸尿裤。在人的暮年,生命呈现出的常常不是晚霞的绚烂,而是残酷无情、残阳滴血。人已没有了起码的尊严, 往往令人不忍直视。是谁在安排这一切? 我们不知道,只有把追问留给上苍。

一个写作者如何进入失去了记忆的人的内心世界?这也是一次探险,就像你进到一个无人涉足过的地下溶洞, 仅靠一盏微弱的头灯摸索。其实所有的写作者都是这样，只是看你进入的是哪些区域，有难易之分而已。而我们都知道，最难懂的是人心。

我们家的老人，过去是家庭的中心，现在已进入到一种无忧无虑、无舍离、无分别的童真状态。在他患上阿尔茨海默症时，有一次我听他哀伤地说：这样活着有什么意思，我死了算了。现在他已经没有了生存还是死亡这样高深的追问了。只是没有记忆地活着，没有意义地活着。可是生命的价值，即便到了晚期，也会因为携带并传承着生命全部的意义——亲情、责任、尊严、崇高、爱而同样高贵，同样值得尊重。

范稳《橡皮擦》：别有意蕴追求的叙事

作者 王春林

一篇小说，我们往往是在读完全篇之后，才能够真正领会一个标题的堂奥之所在。范稳究竟为什么一定要用“橡皮擦”这样一个普通学习用具来为自己近期完成的一部中篇小说命名呢？作家对“橡皮擦”这一语词的使用，乃是在一种延伸出的借用层面上进行的。具而言之，前者意欲借用橡皮擦的功能表达一位阿尔茨海默病患者记忆的丧失；而后者，则试图利用橡皮擦的功能表达如同白金华这样的农民工内心里一种强烈的改变社会身份的愿望。

范稳《橡皮擦》这部中篇小说文本得以成立的一个关键环节，就在于一套远程家庭监控系统的巧妙设定。事实上，从小说结构的角度来说，也正是凭借着这样一套远程家庭监控系统的存在，远在异国他乡的洪汉美，才能够及时地发现家中的异常情况，整个小说的故事情节方才得以最终成立。具体来说，小说的核心事件，乃是一桩未遂的入室抢劫案。早已退休的原公安局局长洪玉林，年事已高，属于AD患者的初级阶段。几个子女因为工作、生活不便以及对老人的不满，都没有陪在他的身边，唯一陪在他身边的只有一位叫郝妈的保姆。正是在做工过程中无意间窥破了这一“机密”后，白金华和白银华兄弟二人方才动了试图要从洪玉林家里劫走一点财物的心思。这样，也就直接导致了让洪汉美无意间目击了那桩最终未遂的入室抢劫案的发生。

但对于一部别有意蕴追求的中篇小说来说，一桩入室抢劫案的发生并不重要，重要的是围绕这一案件揭示出的另外几方面事实。其一，是案发现场白金华兄弟偶尔的“良心发现”。一个是，洪玉林再一次摔倒后，额角出血，帮助他用餐巾纸止血的，就是白金华。再一个是，洪玉林小便失禁尿裤子之后，白金华兄弟俩的先后出手相助。先是白金华给老人找裤子，然后是白银华面对军装时的恶念顿消。置身其中的白金华兄弟根本就不可能意识到，他们的行为竟然有着一种不容忽视的自我救赎功能。究其根本，白金华与白银华兄弟俩案发现场的数度“良心发现”所充分说明的，乃是身为打工者的他们人性世界构成的某种复杂性。

其二，是洪玉林老人的一种精神困境。作为早年就投身于革命的老干部，洪玉林曾经有过叱咤风云的辉煌岁月。这一点，从他们家悬挂着的他与总理的合影即可见一斑。但即使是如此一位干了一辈子革命工作的前公安局局长，到了晚年的时候，也难逃被世界抛弃的凄凉命运。入室抢劫未遂案发一周后，洪玉林的儿子洪汉国一家搬来与老父亲同住，“他用下命令的口吻对妻子和儿子说：老人还在世一天，我们就陪他一天。”从这一细节就可以看出，洪汉国他们其实原先就可以陪伴孤苦一人的老父亲。正所谓，非不能也，实不为也。从洪玉林如此的精神困境出发，我们进一步推导出的一个结论就是：年龄面前，人人平等。无论你是权贵，还是平民，到最后等待我们的恐怕都是某种凄凉的晚境。

其三，尤其值得特别注意的一点，是对于当下时代一种社会现实的犀利揭示。良心未泯的白金华、白银华兄弟俩，之所以要铤而走险入室抢劫，固然有具体的出发点，但从根本上来说，恐怕还是与当下时代残酷现实紧密相关。白金华的感受之所以会如此真切，主要因为在他十多年来的打工过程中，早已清醒认识到了城市对自己的那种隐然拒绝，而如同洪玉林这样一位年迈的老人独守一座豪宅的现象更让他们强烈地感受到人与人之间差异的存在。他们之所以把洪玉林家确定为打劫的对象，与这一点有着直接的内在关联。此外，无论如何都不容忽视，且特别耐人寻味的一点是，小说结尾处关于洪玉林当年改换门庭的相关描写。当年的洪玉林也是穷人家的孩子。他之所以能够成为一名革命者，乃是因为十五岁时不管不顾地参加了解放军的缘故。如果说那个时候的洪玉林尚且可以凭借自己的努力而彻底改变自己的命运，那么，当下时代中苦苦挣扎的白金华与白银华他们，又该怎么办呢？说实在话，除了提出这个简直无解的命题之外，我们也的确无法开出相应的药方来。

事实上，到这个时候，我们方才恍然大悟，原来所谓的“橡皮擦”这一标题，恐怕还隐含什么时候才能够彻底“擦”掉不同人与人之间隔阂与差异的这样一种理想愿景。